Das Buch

Oft hat Ellen O'Sullivan ihre klugen und erfolgreichen Geschwister Tom und Bea nicht auf dem ärmlichen Bauernhof der Eltern gesehen. Selbst als Vater und Mutter sterben, sind die Besuche nur kurz. Außer mitleidigen Blicken hat man für die jüngere Schwester nichts übrig. Der Familiensinn wird erst geweckt, als Ellen das von den Eltern geerbte kärgliche Stück Land an der irischen Küste für sehr viel Geld an eine Baugesellschaft verkauft. Plötzlich ist man besorgt um ihr künftiges Leben und darum, daß sie der Familie keine Schande macht. Da gerät Ellen zum Entsetzen der Geschwister ausgerechnet an eine so undurchsichtige Existenz wie diesen vornehmen Engländer Lewis und seine raffinierte Tochter. Und verliebt sich auch noch in den Kerl!

Die Autorin

Una Troy wurde 1913 in Fermoy in Irland geboren. Sie studierte in Dublin und lebt heute als Frau eines Arztes in ihrer irischen Heimat. Una Troy begann schon früh zu schreiben, zunächst unter dem Pseudonym Elisabeth Connor. Mit der Veröffentlichung des Romans ›Wir sind sieben‹ unter ihrem eigenen Namen wurde sie in kurzer Zeit in England, Amerika und dem deutschen Sprachraum bekannt. Es folgten die Romane ›Mutter macht Geschichten‹, ›Die Pforte zum Himmelreich‹ und ›Ein Sack voll Gold‹.

Una Troy:
Trau schau wem
Roman

Deutsch von Isabella Nadolny

Deutscher
Taschenbuch
Verlag

dtv

Von Una Troy
sind im Deutschen Taschenbuch Verlag erschienen:
Mutter macht Geschichten (1286; auch als dtv großdruck 2503)
Die Pforte zum Himmelreich (10405)
Ein Sack voll Gold (10619; auch als dtv großdruck 25002)
Kitty zeigt die Krallen (10898)
Stechginster (10989)
Das Schloß, das keiner wollte (11057)

Deutsche Erstausgabe
1. Auflage März 1988
Deutscher Taschenbuch Verlag GmbH & Co. KG, München

Titel der englischen Originalausgabe: ›So True A Fool‹ (Robert Hale Limited, London 1981)

Umschlaggestaltung: Celestino Piatti
Gesamtherstellung: C. H. Beck'sche Buchdruckerei, Nördlingen
Printed in Germany · ISBN 3-423-10867-3
2 3 4 5 6 7 · 94 93 92 91 90 89

Ein so gutherz'ger Narr ist Liebe, sei
Auch was es sei dein Tun
Er hat kein Arg dabei...

Shakespeare, 57. Sonett

Erstes Kapitel

Ellen O'Sullivan verliebte sich schon bei der ersten Begegnung in den Engländer. Das war in Dunhaven im Juli. Im April des gleichen Jahres hatte Ellen noch auf ihrem kleinen Hof auf dem Hügel gelebt, keine sechzig Meilen von Dunhaven, und der Engländer war im Gefängnis in Pentonville und hatte noch mehrere Monate abzusitzen. Und doch war er es, der als erster nach Dunhaven kam.

Dort hinzukommen hatte ihn viel Nachdenken und viel Geld gekostet, und er erreichte es erst auf beträchtlichen Umwegen. Sein erster Schritt – das Verlassen von Pentonville – wurde ihm dadurch erleichtert, daß keiner auch nur im Entferntesten geglaubt hätte, er könne so etwas versuchen. Er war ein Musterhäftling, sah seine Lage ironisch-philosophisch, war von angenehmem, gefälligem Wesen und beim Wachpersonal sehr beliebt. Binnen weniger Wochen hatte er einen Vertrauensposten und arbeitete in der Gefängnisbibliothek.

Als er auf und davon ging, tat er dies ohne Hast, in geistlichem Gewand, zwischen den Besuchern eines Konzerts zugunsten der Gefangenenhilfe. Der vertrauensvolle alte Geistliche, der das Gefängnis mit der Gruppe betreten hatte, war zurückgeblieben, um einem alten Knastbruder geistlichen Beistand zu leisten, der plötzlich in sich gegangen war und dringend seinen Frieden mit dem Allmächtigen zu machen verlangte. Später hatte der Geistliche größte Schwierigkeiten, das Gefängnis wieder zu verlassen, der bekehrte Sünder wurde sofort rückfällig, doch davon waren die Wärter so wenig überrascht wie davon, daß er noch eine ganze Weile im Besitz reichlicher Mengen unerlaubter Tabakwaren zum Genuß und Tausch war.

Eine restliche Haftstrafe als Damoklesschwert über sich hängen zu haben ist zwar ein unerfreuliches Handicap, doch das war nun einmal nicht zu ändern. Der ausgezeichnete Anwalt und gute Freund des Engländers hatte ihn gewarnt, wenn erst einmal der Gerechtigkeit Genüge geschehen sei, warte das Finanzamt darauf, ihm in den Nacken zu springen, alarmiert durch seine Praktiken bei dem Betrug, für den er verurteilt worden war.

»Gott allein weiß, wie hoch die Sie veranschlagen«, sagte sein Anwalt. »Die wissen verdammt genau, daß Sie keinen Widerspruch einlegen können, gegen keine noch so hohe Summe, die die sich ausdenken.«

Trocken sagte der Engländer: »Nein. Ich führe ja nicht Buch.«

»Und dann wandern Sie sofort wieder hinein, kaum daß Sie draußen sind. Entweder Sie husten die rückständigen Steuern hoch oder Sie werden wegen Steuerhinterziehung drangekriegt.«

»Wie Al Capone?«

»Genau. Es wird allen außer Ihnen ausgezeichnet in den Kram passen. Ich fürchte, der Staat ist der Ansicht, es sei zum Besten der Gesellschaft, wenn Sie an einem Ort sind, an dem Sie keinen Schaden anrichten können.«

»Zugegeben, damit hat der Staat gar nicht so unrecht. Da wäre auch noch die Kleinigkeit mit den Brüdern Drew – auch sie werden versuchen, Blut aus einem Stein zu quetschen.«

»Als Sie diese Bande übers Ohr hauen wollten, haben Sie sich übernommen. Verglichen mit denen sind Sie doch bloßer Amateur. Aber so rasch werden die nichts unternehmen können.« Der Anwalt nahm einen Kugelschreiber und rollte ihn zwischen den Fingern. »Laurence, ich wollte, ich wüßte einen Weg, Sie um diese Steuerhindernisse herumzukriegen, aber ich weiß keinen.«

»Ist mir klar. Sie haben schon eine Menge für mich getan. Ich hätte nie gehofft, so leicht davonzukommen.«

»Den Geschworenen haben Sie gefallen. Dem Richter auch. Verdammt, ich kenne Sie und ich mag Sie auch gern.« Noch immer den Kugelschreiber rollend und ohne seinen Mandanten anzusehen, fuhr er fort: »Ich kann Ihnen nur einen Rat geben: Sehen Sie zu, daß Sie sofort nach der Entlassung aus dem Land kommen. Für Steuerflucht besteht kein Auslieferungsabkommen.«

»Werde ich denn dazu eine Chance haben?«

Der Anwalt beantwortete die Frage nicht. Er wiederholte: »Ich rate Ihnen nur: Im Augenblick Ihrer Freilassung verlassen Sie sofort das Land.«

Ganz leise fragte der Engländer: »Womöglich schon früher?«

Der Anwalt schwieg und spielte mit dem Kugelschreiber.

Der Engländer hieß Laurence Fenton. Er war zweiundvierzig, mittelgroß, brünett und unterschied sich nicht von Tausenden anderer Männer mit dem gleichen selbstsicheren, wohlerzogenen Auftreten. Ein überaus vertrauenerweckendes Gesicht, die bezwingende Offenheit seiner grauen Augen und ein skrupelloses, flinkes Gehirn waren sein Betriebskapital.

Eine Weile tauchte er in Soho unter. Wer Bescheid weiß und es sich leisten kann, findet überall Hilfe, außer er ist ein Killer. Pentonville zu verlassen war kostspielig gewesen, daher blieb er nicht in London. Als er schließlich in Manchester eintraf, in der Pension, in der seine Tochter ihn erwartete, war der überwiegende Teil des unrechtmäßig Erworbenen schon für die Reise draufgegangen.

Strahlend über eine so gelungene Überraschung

führte die gutmütige Wirtin ihn an einem Freitagnachmittag in Jassys Wohnschlafzimmer. Jassy sprang mit mädchenhaftem Entzücken auf.

»Oh, Onkel John! Wo kommst du denn her?«

Jassy hatte Haare wie ein Maisstrohpüppchen, weit auseinander stehende, schräge blaue Augen und ein süßes Gesicht. Sie war siebzehn, konnte aber bei Bedarf auch wie fünfundzwanzig aussehen. Laurence tätschelte onkelhaft ihre Schulter.

»Zufällig hat mich die Firma jetzt auf die Nordwestroute umgebucht, liebes Kind, also habe ich deinen Eltern versprochen, daß ich dich aufsuche, wenn ich in die Gegend komme, und ihnen berichte, wie es dir geht. Verstehen Sie, Mrs. Weston, es ist Jassys erster selbständiger Ausflug in die große, böse Welt.«

»Ach wissen Sie, sie ist immer so vernünftig und ruhig, stimmt's, Schätzchen?«

Jassy sah plötzlich aus wie ein sehr einsames kleines Mädchen.

»Du wirst wohl nicht lange bleiben können, wenn du heute abend noch zurück mußt.« Sie lächelte tapfer. »Jedenfalls ist es wundervoll, dich zu sehen.«

»Ich hatte eigentlich gedacht, mich dir bis Montag widmen zu können. Wenn du nicht schon tausend andere Dinge vorhast.«

»Oh, Onkel John«, sagte sie eifrig. »Hast du schon irgendwo ein Quartier? Noch nicht? Ach, Mrs. Weston, Sie könnten Onkel John doch sicher übers Wochenende aufnehmen?«

»Das täte ich mit größtem Vergnügen, aber Sie wissen ja selbst, daß ich nur das kleine Hinterzimmer frei habe«, sagte Mrs. Weston zweifelnd, »und das hat keinen Waschtisch und ist überhaupt nicht das, was Mr. Gray gewöhnt ist, fürchte ich.«

Jassy versicherte ihrem Onkel, daß die gemeinsame Badezimmerbenutzung in diesem Haus die einzige

Härte für ihn sein würde, und Laurence sagte, er wäre sehr glücklich, die Vorteile eines Heims statt die eines Hotels zu genießen und ob es nicht zuviel verlangt sei, wenn Mrs. Weston so spät noch einen unerwarteten Untermieter aufnehmen müsse.

Über das ganze Gesicht strahlend zog sich Mrs. Weston zurück, um das Hinterzimmer zu verschönern und für den vornehmen Mr. Gray schnell ein paar ihrer Teekuchen zu zaubern.

Jassy sah ihren Vater durchdringend an, berührte rasch und leicht seinen Arm und seufzte leise auf.

»Ich hab schon gemeint, du kommst überhaupt nicht mehr.«

»Tja, ein paarmal habe ich das sogar auch gedacht.«

»So meine ich es nicht. Ich war selbstverständlich überzeugt, daß du es schließlich schaffen wirst. Es ist mir nur hier wie eine Ewigkeit vorgekommen. Der Sessel da drüben ist nicht so schlimm, wie er aussieht, wenn du dir ein Kissen in den Rücken stopfst. Wie geht's dir?«

»Gut, danke. Pentonville ist ein Erlebnis, das ich ungern wiederholen würde. Man war in langweiliger Gesellschaft. Du auch, fürchte ich.«

»Totlangweilig. Ich bin der Liebling der Wirtin. Sie quatscht ununterbrochen. Wir unterhalten uns stundenlang. Ich habe mir ein ehrbares Milieu und eine solide Familie zugelegt, mit allen Einzelheiten über meinen Lieblingsonkel, die sie sämtlichen Klatschtanten nah und fern weiterreichen wird. Wenn es je ein sicheres Haus gegeben hat, ist es dieses.«

»Kluges Kind. Wir brauchen diese Atempause von ein paar Tagen, um uns gründlich in unsere neuen Rollen einzuleben. Das Textbuch sieht vor, daß wir Emigranten sind – mehr oder minder Flüchtlinge – und zwar aus Simbabwe. Am Montag ist ein Flug für mich nach Irland arrangiert. Südirland selbstverständlich.«

»Irland!«

Jassys Mutter war bei ihrer Geburt gestorben, und zwölf Jahre lang war sie – manchmal gut, manchmal weniger gut – von der jeweiligen Mätresse ihres Vaters betreut worden. Von da an hatte sie ein herrliches Leben als seine alleinige Begleiterin geführt. Sie hatten in guten Hotels in vielen europäischen Hauptstädten gewohnt, und bei der Abreise waren stets einige Leute ärmer und sie reicher gewesen. Während der letzten drei Monate in Manchester war sie abwechselnd den Kunden von Debenham's und Mrs. Weston um den Bart gegangen und hatte ein klösterliches Leben geführt. Sie war nur deshalb nicht verrückt geworden, weil sie sich auf Paris freute, vielleicht auch auf Rom oder, wenn beides im Moment zu gefährlich war, etwas wirklich Interessantes, zum Beispiel Rio. Aber Irland! Um Himmels willen!

Entschuldigend sagte er: »Ja, leider. Es ist vermutlich für mich die beste Chance. Bei der Einreise in die Republik gibt es keinerlei Formalitäten, und dort kann ich untertauchen, bis man das Interesse an mir verliert.« Er lächelte sie verschmitzt an. »Wenn ein ausgebrochener Sträfling sie auch immer zu Höchstleistungen anspornt, bin ich als Krimineller schließlich doch nur ein ziemlich kleiner Fisch.«

Jassy erwiderte sein Lächeln kühl und amüsiert, doch die Finger ihrer rechten Hand gruben sich in die Handfläche. Schließlich war es gleichgültig, wohin sie fuhren, solange man ihn ihr nicht wieder wegnahm und einsperrte. Laut sagte sie: »Dort wo wir hinfahren, werden wir uns jedenfalls eine Weile ganz still verhalten müssen, und dafür ist Irland sicher ideal.«

»Du meinst, es gibt dort sonst nichts zu tun? Wer weiß«, sagte Laurence mit dem altvertrauten Funkeln in den Augen, und auch Jassys Augen funkelten wie Saphire. Ihr Herz tat einen Freudensprung, weil ihn die Haft weder geschwächt noch verändert hatte und sie wie früher gemeinsam auf Raubzüge gehen würden.

»Nein, das eben war nur Angabe! Irland ist zu klein und zu nah, als daß wir riskieren dürften aufzufallen. Ich werde mich aus dem Geschäft zurückziehen müssen, bis die Jagd abgeblasen ist. Wie steht's denn mit unseren Finanzen?«

Jassy nannte ihm die Summe, die sie in der Kassette mit zwei Vorhängeschlössern in ihrer Wäschekommode aufbewahrte. Als ihr Vater den Ausbruch beschlossen hatte, hatte sie als die sparsame Miss Glenda Browne ihre Guthaben aus weit verstreuten Zweigstellen verschiedener Banken im Großraum London abgehoben und war im Zickzack durch ganz England nach Manchester gereist, mit ansehnlichen Summen in Banknoten an ihrem Körper versteckt. Viele davon hatten bereits unterwegs ausgegeben werden müssen.

»Eine habgierige Bande, deine Helfershelfer«, sagte sie.

»Aber sie waren auch sehr nützlich. Trotzdem müßten wir noch genug haben für einen erzwungenen Urlaub von – sagen wir – sechs Monaten.«

Jassy hob die Brauen.

»Ganz bescheiden, haarsträubend bescheiden. Macht nichts, Liebling, das gleichen wir später alles wieder aus. Also da gibt es einen Ort namens Dunhaven, nicht weit von der Stadt Cork, den will ich mir als erstes vornehmen. Das könnte der ideale Schlupfwinkel sein. Einer, der mit mir saß, war von dort und erging sich in rührseligen Schilderungen über dieses Nest, ich brauchte ihn gar nicht dazu ermutigen. Den sind wir für die nächsten drei Jahre los wegen Totschlag in betrunkenem Zustand, und ich habe eine Menge nützlicher Informationen aus ihm rausgeholt. Anscheinend war Dunhaven mal ein elegantes Seebad für Familien von Heeres- und Marineangehörigen, ehe wir Engländer uns aus Irland zurückzogen. Neuerdings ist es, nach Aussagen dieses Paddy, so was wie wiederentdeckt worden und wird jetzt total verdorben, füllt sich mit überlauten, englischen und anglo-irischen Proleten und den oberen Tausend von Cork, die nicht ganz so schlimm sind, wie er andeutete, so mit schicken Hotels, Yachtclubs und Gott weiß was. ›Jaisus‹, sagte er mal ganz gebrochen. ›Das ist noch nicht alles. Es ist so verändert, daß man in keinen Laden, in keine Kneipe mehr reingehen kann, ohne daß man von hinter der Theke ein geziertes Oxfordenglisch an den Kopf kriegt.‹ Es soll jetzt große Mode sein, in einem malerischen, verfallenen alten Haus ein Geschäft zu eröffnen, mit Keramik oder Antiquitäten oder Handgewebtem, du kennst ja das Zeug und die Typen, die auf so was scharf sind. Unter Umständen verschafft gerade Dunhaven uns mit unserem feinen Oxfordakzent die Tarnung, die wir brauchen.«

Nachdenklich sagte Jassy: »Wir werden also kunstgewerbeln?« Er nickte. »Antiquitäten, meinst du, Dad? Davon braucht man nichts zu verstehen, da verkauft sich jeder alte Plunder.«

»Genau das.«

In vollständigem, liebevollem Einvernehmen lächelten sie einander zu.

An den Wochenenden kaufte Mrs. Weston für Jassy ein, und es machte kaum mehr Arbeit, gleich auch Mr. Gray mitzuversorgen, der anscheinend nicht gern ausging, bis auf die raschen Spaziergänge, die er laut Jassy immer dann unternahm, wenn sie am Sonnabend zum Einkaufen oder am Sonntag in der Kirche war. Man sah sofort, er war ebensowenig ein Herumtreiber wie Jassy. Also überließ sie den beiden ihr eigenes Wohnzimmer, in dem sie vollkommen zufrieden waren, Scrabble spielten, fernsahen oder schwatzten. Sie schwatzten sehr viel, andauernd hörte man ihre plaudernden Stimmen. Ein wirklich häuslicher Mensch, dieser Mr. Gray.

Für ihn machte sie alles besonders nett, und ihre Hausmannskost wußte er sichtlich zu schätzen. Sie gab sich große Mühe, servierte hübsch, auf ihrem besten Tischtuch mit passenden Servietten, nicht etwa aus Papier, und Blumen auf dem Tisch.

Die arme kleine Jassy sah richtig unglücklich aus, als sie ihren Onkel am Montag morgen verlassen mußte, um mit dem Bus zur Arbeit zu fahren, aber sie wurde munterer, als er versprach, in Kürze einmal wieder vorbeizukommen. Mrs. Weston brachte Mr. Gray noch ans Taxi. Er fuhr nach Chester, wo sein Wagen in Reparatur war. Er schenkte ihr eine Riesenpackung Pralinen – für alle ihre Liebenswürdigkeiten, wie er sagte. Ja, ein Gentleman durch und durch im eigentlichen Sinn des Wortes, das war er. Aber er war ja auch kein gewöhnlicher Vertreter. Er reiste in Wein.

Als das Taxi anfuhr, winkte Laurence Mrs. Weston nochmals zu und schenkte ihr sein charmantestes Lächeln, das sie für den Rest des Tages glücklich machen würde. Ach, meine arme Jassy!

Am Oxford-Road-Bahnhof wechselte er das Taxi und wartete bis zur allerletzten Minute, um gerade noch die Maschine nach Cork zu erreichen. Auf dem Flughafen buchte er unter dem Namen Lewis Forde. Mit einer nützlichen Fähigkeit, die er trainiert hatte, sich jeden derzeitigen Decknamen ganz fest einzuprägen, war er von Stund an Lewis Forde und nie ein anderer gewesen. Keine Hand legte sich auf seine Schulter während der wenigen Minuten, die er in der Abflughalle verbringen mußte. Auch an der Check-Out-Sperre kam keine Hand. Dann war er in der Luft. England sank unter ihm weg.

Er bestellte sich rasch einen Brandy und Soda. Seine Nerven waren nicht mehr, was sie vor der Zeit in Pentonville gewesen waren, wenigstens noch nicht wieder. Die Panne bei dem letzten unseligen Geschäft hatte sein Selbstvertrauen erschüttert, und das Teuflische daran war, daß er nicht durchschaute, was eigentlich schiefgegangen war. Jassy hatte gemeint, es sei einfach Pech gewesen. Gewiß, etwas Pech war auch dabei, trotzdem schämte sich Lewis. Die Sache war die, daß ihm das Glück immer so unwandelbar treu gewesen war, daß er mit anderen Möglichkeiten gar nicht mehr gerechnet hatte. Das Gesetz, so grübelte Lewis, während er aus seiner Höhe auf die spielzeugkleinen Wagen des leichtgläubigen Völkchens herabblickte, das drunten wimmelte, hatte zum ersten Mal zugeschlagen. Er würde künftig dafür sorgen, daß es kein zweites Mal geschah.

Als er seinen Brandy-Soda zur Hälfte ausgetrunken und dabei wie immer auf alle Unterhaltungen in Hörweite geachtet hatte, denn das erwies sich oft als nützlich, bemerkte er erfreut, daß sich das Schicksal offenbar wieder auf seine Seite schlug. Unmittelbar neben ihm saßen ein pensionierter Colonel der britischen Armee und Gattin, die von einem Besuch bei ihrer in Yorkshire verheirateten Tocher nach Dunhaven heimflogen. Kein ungewöhnlicher Zielort für Passagiere an Bord einer Maschine nach Cork, das nicht, doch zufällig waren die beiden genau die Leute, die er zu diesem Zeitpunkt brauchte. Mit der natürlichen Leichtigkeit langjähriger Übung begann er mit den vielversprechenden Unbekannten eine Unterhaltung.

»Eines der hübschesten Nester in Eire, dieses Dunhaven«, meinte Colonel Heskin. »In Dunhaven stand das Regiment meines Vaters – früher mal – als es noch keinen Freistaat gab, verstehen Sie, und wir junges Volk verbrachten in Dunhaven unsere Sommerferien.

Als ich dann eines Tages die Wahl hatte zwischen Bournemouth und hier, fiel sie auf Dunhaven. Zugegeben, anfangs hatten Hilda und ich unsere Zweifel – Irland ist ja auch nicht mehr, was es mal war –, aber schließlich gilt das auch für England – die ganze Welt scheint in die Binsen zu gehen, aber wir merkten bald, daß es gut gehen würde. Es gibt dort noch genügend von unserer Sorte.«

Auch Lewis Forde erwies sich bald als einigermaßen von ihrer Sorte. Er hatte seine Farm in diesem neugebackenen Staat Simbabwe verkaufen müssen, der arme Teufel, und um seiner mutterlosen Tochter willen alles hinter sich gelassen. Auch der Colonel war der Meinung, diese afrikanischen Blechnapfstaaten seien kein Ort für ein junges Mädchen, ja um genau zu sein, heutzutage überhaupt kein Ort mehr für den Weißen Mann.

»Ich dachte ernstlich an Südamerika«, sagte Lewis, »aber Jassy war noch nie in der alten Heimat gewesen und ihr Herz hing daran. Deshalb haben wir erst einmal kurz in London Urlaub gemacht. Aber jetzt muß ich ernstlich daran denken, meinen Unterhalt zu verdienen. Ich habe natürlich nehmen müssen, was man mir für die Farm geboten hat.« Er zuckte die Achseln.

Der Colonel grunzte teilnehmend.

»Eigentlich kann ich es mir gar nicht leisten, besonders wählerisch zu sein, aber mir geht es offengestanden gegen den Strich, nach der Pfeife eines anderen zu tanzen, nachdem ich so lange mein eigener Herr war. Abgesehen von der Landwirtschaft verstehe ich nur ein bißchen was von Antiquitäten. Und auch das als purer Amateur. Meine Leutchen hatten ein paar ziemlich anständige alte Familienerbstücke.«

Der Colonel nickte. Aus gutem Hause also.

»Natürlich gehe ich ein Risiko ein, weil es mir nicht nur an Bargeld, sondern auch an beruflichem Know-how fehlt, aber ein Bursche von Sotheby's, den ich auf der Überfahrt kennenlernte, hat mir Dunhaven als einen Ort genannt, wo ich mich durchwursteln könnte, bis ich richtig ins Geschäft komme.« Wieder zuckte er graziös und heiter die Achseln. »Ja, und da bin ich nun, egal wie's kommt.«

»Sie wissen hoffentlich von Ihrem Freund bei Sotheby, daß Sie eine ziemliche Konkurrenz vorfinden werden, Mr. Forde?« fragte Mrs. Heskin besorgt.

»Ach was«, widersprach der Colonel, »deshalb zerbrechen Sie sich mal nicht den Kopf, Forde. Die meisten davon sind schlicht Spinner, die nichts mit sich anzufangen wissen und dabei mitmischen möchten.«

»Vielleicht bin ich auch nur ein Spinner, der nichts mit sich anzufangen weiß, obwohl es mir ernst damit ist.«

Lewis blickte mit seinem gewinnendsten Lächeln zu Mrs. Heskin hinüber, dem Lächeln des Lausbuben, den viele Frauen im Manne sehen möchten. Bei ihrem Typ und ihrer Altersgruppe kam es gewöhnlich gut an.

»Es soll noch ein paar verlassene, unbewohnte Häuser in Dunhaven geben. Nicht unbedingt das, was man sich als Wohnung aussuchen würde, wie ich heraushörte, aber Jassy kommt bald nach, und wir brauchen ja irgendein Dach über dem Kopf.«

Bei der Landung hatten die Heskins Lewis Forde gänzlich unter ihre Fittiche genommen. Sie kannten mehrere leerstehende, leicht verfallene Gebäude im ältesten Stadtteil. Aber die Hiesigen wußten inzwischen auch, was sie daran hatten, und man bekam sie nicht mehr gratis.

»Sie Unschuldslamm würden unter die Räuber fallen«, sagte der Colonel. »Aber ich sorge schon dafür, daß man Ihnen nicht das Fell über die Ohren zieht.«

Auch auf dem Flughafen Cork legte sich keine Hand auf Lewis' Schulter. Die beängstigende Vergangenheit begann unter ihm wegzusinken, wie England es getan hatte, die Rasenflächen um das weiße Flughafengebäude waren grün, in den Beeten blühten rote Blumen, der Himmel war blau, die Sonne schien. Das war für den Augenblick genug.

Für die zwanzig Kilometer Fahrt nach Dunhaven hinein teilte er das Taxi mit den Heskins. Auch dort war alles Farbe und Glanz: der blaue Hafen, die Yachten, die hübschen Amüsierschiffchen, das Städtchen, das vom Wasser nach oben stieg (es war nicht grau in grau). Sie fuhren am Hafen entlang, am modernen Bungalow der Heskins vorüber und dann die engen, gewundenen Sträßchen, die noch früheren spanischen Einschlag zeigten, bis hinauf zum Hilltop-Hotel, das über die Landspitze hinweg aufs freie Meer blickte.

Colonel Heskin ging mit Lewis hinein und machte ihn mit dem Hotelmanager bekannt.

»Hier sind Sie gut versorgt«, sagte er. »Wir essen hier nämlich immer, wenn meine Frau das Gefühl hat, die Geschirrspülerei wüchse ihr über den Kopf. Kommen Sie doch morgen, so gegen sechs, auf einen Drink zu uns. Dann überlegen wir mal, wie wir Sie hier etablieren können. Ich höre mich inzwischen schon mal ein bißchen um.«

Man führte Lewis in ein Appartement mit Bad und Balkon, ein überzeugender Beweis für das, was er sich erhofft hatte: daß nämlich Colonel Heskin sich für seine Aufnahme als unbezahlbar erweisen würde. Das Hilltop-Hotel selbst war bei seiner derzeitigen Lage eine arge Verschwendung, aber leider unumgänglich. Ein Gentleman durfte zwar zugeben, mittellos zu sein, aber keinesfalls so mittellos, daß er sich kein anständiges Hotel leisten konnte.

Am nächsten Nachmittag rief der Colonel an.

»Ich habe Ihnen leider nichts Besseres zu bieten als die Wahl zwischen zwei Häusern, Nummer Sechs und

Nummer Sieben in der Cleese Street: Meine Frau nennt sie immer den ›Alten Kuriositätenladen‹, ist Feuer und Flamme, behauptet, es wäre genau der passende Rahmen für Antiquitäten – malerisch, wissen Sie.« Der Colonel schnaubte. »Das sind sie sicher auch, aber der Grund, warum sich noch keiner draufgestürzt hat, ist der: Die Nachbarschaft ist ein ziemlicher Slum, gegenüber steht ein altes, baufälliges Lagerhaus, und es fällt nie ein Strahl Sonne in die Straße. Außerdem sehr reparaturbedürftig. Das Dach sieht aber so aus, als hielte es noch eine Weile den Regen ab, der Eigentümer gedenkt jedenfalls nichts daran zu tun. Er ist jedoch bereit, es auf ein halbes Jahr zu vermieten, für eine enorme Miete, das muß ich Ihnen gleich sagen, mein Junge, plus der Option, es später zu einem vernünftigen Preis zu kaufen – was er so vernünftig nennt! Jedenfalls müßten Sie sich nur für sechs Monate binden, und da Sie ja gern recht bald irgendwo unterkommen möchten, könnten wir immerhin mal hingehen und einen Blick drauf werfen, was?«

Lewis hatte den Eindruck, daß das Leben sich wieder normalisierte und alles sich für ihn günstig entwikkelte. Schon hatte er Aussicht auf einen Unterschlupf, in dem er und Jassy so lange als nötig glaubhafte Rollen spielen konnten. Die Schlüssel bekam er beim kleinen Gemüsehändler an der Straßenecke.

Der Gemüseladen war schäbig, doch seine ausgelegten Kohlköpfe und Orangen gaben der grauen, düsteren Straße mit dem Kopfsteinpflaster den einzigen Farbtupfer. Die Häuser waren braun oder grau, die Spitzenvorhänge an den Fenstern grau vor Ruß. Die hohen, kahlen Mauern des Lagerhauses tauchten die beiden alten Kuriositätenläden gegenüber noch tiefer in den Schatten. Sie waren sich in jeder Einzelheit gleich: schmal, zweigeschossig, mit gewölbter Front, zurückgesetzten Türen und bleigefaßten Fenstern, in denen einige der ursprünglichen Blasenglasscheiben noch intakt waren.

Lewis öffnete eine der schweren, getäfelten Eichentüren in ihren massiven Bronzeangeln und trat in die Diele.

Durch ein zerbrochenes Fenster kam Helligkeit hereingeströmt. Er rannte fast darauf zu. Warmer Sonnenschein berührte sein Gesicht. Jenseits eines ummauerten, überwachsenen Grundstücks voller rosa, gelb und rot blühender Pflanzen lagen die Dächer der Stadt, dahinter das blaue Wasser und bemalte Boote, Menschen gingen herum, alles war in Bewegung und frei.

Mit einem Schlag war Lewis wieder ganz er selbst, Herr der Lage, Herr seines Lebens, bereit für jede Herausforderung, für jede sich bietende Gelegenheit. Er ging durchs Haus und hinaus auf die Straße, deren Düsternis ihn nicht länger schreckte, und weiter ins Nebenhaus. Dann überquerte er die Straße und betrachtete beide Häuser von drüben.

Ausgezeichnet! Er entschied sich für das etwas weniger heruntergekommene rechte. Gewohnt, vielerlei Rollen zu spielen, fühlte er sich bereits als Altwarenhändler. Nach dem wenigen, sinnlosen Ramsch zu urteilen, den er auf seinem Weg hierher in den Auslagen gesehen hatte, würde jeder beliebige alte Plunder ihn überzeugend unter die anderen Händler einreihen. Für ein Weilchen konnte es ganz amüsant werden. Alle Facetten des Lebens, wenn sie nur vorübergehend blieben, waren amüsant und interessant. Rückblickend würde das selbst für Pentonville gelten, ja es wurde bereits dazu, weil es ihn nicht hatte festhalten können. War auch hohe Zeit, daß du endlich zur Besinnung kommst, sagte Lewis Forde zu Laurence Fenton.

Die Heskins hatten noch ein anderes Ehepaar ihres Jahrgangs und ihres Kreises zu einem Drink geladen. Lewis paßte sich der Gesellschaft an, indem er es vermied, originell zu sein, und nur liebenswürdig konventionell war. Er wußte, daß er bei solchen Leuten gut ankam. Er kam immer gut an bei denen, die er für seine Zwecke brauchte. So lange, bis er mit ihnen fertig war.

Er erfreute Mrs. Heskin dadurch, daß er ihr lausbubenhaft erzählte, er plane ihre Idee zu stehlen und sein Haus den »Alten Kuriositätenladen« zu nennen. Auf ihre geäußerten Befürchtungen entgegnete er, nein, so arg verfallen sei das Gebäude noch nicht, er glaube, daß Jassy und er außer den grundlegenden Reparaturen alles selber machen könnten. (Er wollte nicht einen Pfennig mehr als nötig in diese Bruchbude investieren, konnte es gar nicht.) Der Colonel kannte einen Gelegenheitsarbeiter, den man den »Nixer« nannte. Nimmt keine Schecks, verstehen Sie, so was dürfte man natürlich nicht unterstützen, aber ein verdammt brauchbarer Bursche.

Lewis meinte launig, die wenigsten von uns würden Steuern zahlen, wenn sie damit durchkämen, doch fürchte er, daß dies für geraume Zeit sein kleinstes Problem sein würde. Ha, ha!

Mrs. Heskin sagte: »Aber nein, ich bin ganz sicher, daß Sie hier gute Geschäfte machen werden, Mr. Forde. Sie haben – die nötige Persönlichkeit.«

»Die kann ich leider nicht verkaufen«, sagte Lewis, eine Lüge, die zum Himmel stank, da er sonst nichts zu verkaufen hatte. »Aber Sie sind hiermit alle zur offiziellen Einweihung eingeladen, sobald ich ein paar Porzellanhunde im Regal habe.«

»Und wenn wir nun Ihr gesamtes Lager auf einen Schlag aufkaufen?« fragte die weibliche Hälfte des anderen Paares, eine Mrs. Gresham.

»Sie dürfen die Hunde nur bewundern. Es soll ausschließlich ein Vergnügen sein.«

Der Colonel füllte wieder Lewis' Glas.

»Besser, wir helfen ihm nicht, so schnell Geld zu machen, sonst zieht er wieder weg. Die umzingelte Garnison kann neue Rekruten brauchen.«

Mrs. Gresham sagte ausgelassen: »Bill, Sie sind ein fürchterlicher, rückständiger Snob. Im Sommer gibt es hier herum Unmengen von sehr netten Leuten, Mr. Forde, aber Bill bleibt eisern dabei, es seien *nouveaux riches.«*

»Das sind sie auch«, sagte der Colonel. »Wie alle Iren, die's zu was gebracht haben. Liegt ja auf der Hand. Aber von mir aus: meinen Segen haben sie.«

»Im Sommer kommen dann zumindest viele junge Männer, die Ihre Tochter kennenlernen kann, Mr. Forde, und nicht nur alte Fossile wie wir. Im Sommer ist Dunhaven das Mekka für Corks *jeunesse dorée.«*

Lewis bekam allmählich ein klares Bild von der Gesellschaft Dunhavens. Ihm paßte es durchaus in den Kram, innerhalb der »Garnison« zu bleiben, aber Jassy – ein vergnügungssüchtiger Teenager – würde sich fast mit Sicherheit davor drücken, mit dieser zweiten Garnitur ganz groß auszugehen.

Im genau richtigen Moment verabschiedete er sich taktvoll. Er nahm an, daß die Greshams zum Abendessen eingeladen waren. Als Zufallsbekanntschaft mochte er annehmbar sein, doch würde er wohl noch geraume Zeit brauchen, um in den nächsthöheren Rang aufzusteigen. Es war Lewis' Bestreben, an der Peripherie einer Bekanntschaft zu bleiben, alle Weiterungen konnten gefährlich werden, und seit Jahren gingen sogar seine sexuellen Kontakte nie über das rein Physische hinaus. Der einzige wirklich vertraute, nahestehende Freund war Jassy.

Einen Monat später kehrte Jassy eines Tages tiefbekümmert von Debenham's heim. Daddy hatte angerufen und gesagt, daß Mami blinddarmoperiert sei und Jassy würde zu Hause gebraucht, um ihn und Betty und Paul zu versorgen.

Aufmunternd meinte Mrs. Weston: »Liebe Zeit, heutzutage ist so eine Operation kaum mehr, als wenn man einen Zahn gezogen kriegt. Bestimmt wird Ihre Mami in einer Woche schon wieder aus der Klinik entlassen. Außer natürlich, sie legt sich einen Abszeß zu wie diese Eda Wymes auf Nummer Einundzwanzig.«

Jassy rieb sich die Augen und zwinkerte mit feuchten Wimpern.

»Liebe Mrs. Weston, Sie haben immer einen Trost für mich.«

Mrs. Weston brachte sie an den Bus nach Leeds.

»Passen Sie auf, daß diese unartigen Gören Betty und Paul Ihnen nicht zu sehr auf dem Kopf herumtanzen.« Sie hatte immer das Gefühl gehabt, sie kenne die Familie Gray fast so gut, als sei sie ihr persönlich begegnet. »Und hier sind noch ein paar Printen, gestern abend frisch gebacken. Ihre Mami hat vielleicht in ein, zwei Tagen schon Lust drauf.«

»Oh, Mrs. Weston, Sie Schatz, sie wird begeistert sein. Kein Mensch backt solche Printen wie Sie.«

»Sie werden sehen, Sie sind im Nu wieder da, wie ich Ihnen gesagt habe«, meinte Mrs. Weston und nickte mehrmals energisch, als der Bus abfuhr, weil Jassy ihr so gar nicht hatte glauben wollen und einfach alles in ihrem Zimmer eingepackt hatte mit dem Bemerken, man könne nie wissen und sie wolle nicht, daß Mrs. Weston mit dem Zimmer einen Verlust hätte, wenn sie gar zu lange wegbliebe.

Sie hätte doch wissen müssen, daß für sie immer ein Zimmer frei gehalten würde, das dumme Mädel!

Jassy war wirklich unterwegs nach Leeds. Unbedingt mußte der Brief dort abgestempelt sein, der Mrs. Weston auseinandersetzte, warum sie nicht mehr wiederkam. Es war diese peinlich genaue Kleinarbeit, die sie zur unvergleichlichen Mitstreiterin machte. Die Elendsmami würde zwar wieder gesund werden, doch sie und der Elendsdaddy fanden dann doch, daß das Töchterlein eine Stellung annehmen sollte, bei der sie zu Hause wohnte. Und selbstverständlich tat das Töchterlein immer, was man von ihm verlangte.

Jassy hatte so lange das saccharinsüße Mädchen gespielt, daß sie volle zehn Minuten brauchte, um dies und ihre langweilige Familie abzuschütteln. In Leeds angekommen, ließ sie als erstes das Printenpäckchen der gräßlichen Person dort fallen, wo der darüberflutende Verkehr es zermalmte.

Am nächsten Tag flog sie nach Dublin. Von dort wollte sie per Eisenbahn und Bus nach Dunhaven. Es war besser, wenn die Fordes sich aus verschiedenen Richtungen zusammenfanden. Man hatte Jassy beigebracht, daß sich in derlei Dingen jede Mühe lohnt.

Zuversichtlich ging sie durch die grüne Tür der Zollbehörde in Dublin. Geschafft! Sie war in Irland. Dad war auch in Irland, und in England waren alle Spuren ihres Aufenthaltes gelöscht.

Willkommen in Irland, sagte ein Fremdenverkehrsplakat mit schöner Landschaft vor ihr. Jassy tat etwas, was bei ihr selten war: sie kicherte beinahe kindisch.

Zweites Kapitel

Drei Tage vor Laurence Fentons Flucht aus dem Gefängnis in Pentonville starb in Knockaulin Ellen O'Sullivans Mutter.

Die nächsten Nachbarn der O'Sullivans wohnten zwar eine halbe Meile entfernt, aber aus den weitverstreuten Gehöften kamen die Menschen, um der Toten die letzte Ehre zu erweisen und Ellen O'Sullivan zu kondolieren. Nun warteten alle auf den Sohn und die ältere Tochter aus Cork, wohin die Tote überführt werden sollte, um über Nacht in der Kapelle zu bleiben.

Ellen war seit Stunden von tröstenden freundlichen Mitmenschen umringt gewesen. Sie mußte unbedingt eine Weile allein sein. Sie trat aus dem Schlafzimmer ihrer Mutter, wo die Frauen den Rosenkranz beteten, durch die Küche, wo die Männer ehrerbietig beiseite schlurften, um sie vorbeizulassen, und hinaus in den Innenhof, der ebenfalls gedrängt voll war. Hier kam Shep, ihr Hund, verstört wegen der vielen Menschen, unruhig zu ihr herangeschlichen.

Nachts hatte es stark geregnet, und der Hof war ein einziger tiefer Morast. Der Leichenwagen und eine Reihe von Autos standen draußen vor dem Tor auf dem Heckenweg, der sich von weit unten heraufschlängelte und hier endete. Jenseits des Tores lagen drei ebene, grüne Felder, die einzigen zehn Morgen fruchtbares Land in der ganzen Gegend von Knockaulin. Hinter dem kleinen, strohgedeckten Wohnhaus aus Lehm und den baufälligen Nebengebäuden stieg der Hang wieder steil an. Ellen ging vorüber an der Giebelwand des Hauses, trat durch eine Lücke in der Weißdornhecke und ging zu einem hinter Dornbüschen versteckten Felsklotz. Sie setzte sich, und Shep legte sich ihr zu Füßen.

Sie hatte die Gewohnheit, tagtäglich, sei es auch nur für fünf Minuten, hierher zu kommen, ins Land hinauszublicken und nachzudenken. Ein junger englischer Rucksacktourist, der einmal vorbeigekommen war, hatte gesagt, die Aussicht von Knockaulin sei die schönste in ganz Irland.

Schön war sie wirklich. Ellen blickte weit hinaus über das Land, das aus mehr Fels als Erde bestand (doch jetzt begannen die Frühlingsblumen zwischen den Steinen zu blühen), bis hin zum riesigen Atlantik, der ruhig und blaß unter dem ruhigen, blassen, vom Regen gewaschenen Himmel lag.

Das Fensterchen an der Giebelseite stand offen. Von ihrem Felsklotz aus hatte Ellen immer hören können, wenn die Mutter rief. Jetzt drangen aus dem Zimmer nur leiernd gemurmelte Gebete und darüber – wohl dicht am Fenster – Stimmen:

»Das ist ein gutes Bild von Ellen.«

»Die Mutter, Gott hab sie selig, hat mir selbst gesagt, daß sie es dort aufgehängt hat, wo sie es vom Bett aus sehen konnte, damit sie Gesellschaft hatte, wenn Ellen draußen beschäftigt war.«

Der junge Mann hatte sein Zelt für eine Nacht neben Ellens Felsblock aufgeschlagen. Er war Künstler, hatte aber nicht die Aussicht gemalt. Er hatte eine kolorierte Zeichnung von Ellen gemacht und sie ihrer Mutter geschenkt, als kleine Aufmerksamkeit, sagte er, für alle empfangenen Freundlichkeiten, die aus nicht mehr bestanden hatten als einem Trunk Milch und einem Kessel voll kochenden Wassers.

»Es muß ganze sechzehn Jahre her sein, seit der Maler hier vorbeikam. Da kann sie also nicht mehr als zwanzig gewesen sein, meine ich. Sie war nie, was man schön nennen könnte, selbst als Mädel nicht, aber irgendwie ist es die Art Gesicht, wie man's gern anschaut.«

Neddy brüllte dicht hinter Ellen sein I-aah und erschreckte sie. Er stupste sie gegen die Schulter und warf sie dabei fast vom Sitz. Shep fuhr auf seine Hinterhufe los, und er schlug aus und ging wieder auf seine andauernde Suche nach den wenigen Grashalmen, die zu finden waren. Armer Neddy.

»Noch immer keine Spur von den Vornehmen, was? Sollte man nicht meinen, daß sie schon wegen dem Anstand eigentlich längst hier sein sollten?«

»Ach, die Sorte hat mehr zu tun, als sich unsereins überhaupt vorstellen kann.«

Ein gackerndes Gelächter, das abrupt endete, dann wieder nur das Steigen und Fallen der gemeinsamen Gebete.

Heute abend wurde Ellen alle Arbeit abgenommen. Jemand anders warf Neddy seinen Heusack zu, molk Daisy und Maud, fütterte die Hühner und die Milchkälber und gab der Sau ihren Trank. Niemand war da, der sie aus dem Giebelfenster rief. Es gab nichts für Ellen zu tun außer reden. Und manchmal war gerade das am allerschwersten.

Ellens Geschwister waren noch eine halbe Stunde Autofahrt von Knockaulin entfernt. Tom beschleunigte, um einen kleinen Lieferwagen zu überholen, überlegte es sich dann anders und reihte sich wieder hinter ihm ein.

»Auf diesen verdammten Korkenzieherwegen kommt man überhaupt nicht vorwärts.«

»Laß dir nur Zeit. Der Trauerzug verläßt erst um sechs das Haus.«

»Trotzdem – wir hätten früher losfahren sollen. Ich hatte vergessen, wie eng es hier wird, sobald man von der Hauptstraße herunter ist. Miserabler Belag übrigens. Man sollte meinen, die Gemeindeverwaltung hätte es endlich geschafft, hier was zu tun, seit wir das letzte Mal hier waren. Wie lange ist das her, Bea?«

»Ungefähr drei Jahre. Der Weg ist nicht schmaler geworden, aber deine Wagen werden immer breiter.«

»Ist das wirklich schon so lange her? Bea, ich finde immer noch, wir hätten unsere Familien mitnehmen sollen. Mutter hätte bestimmt erwartet, daß ihre Enkel zu ihrer Beerdigung kommen.«

»Auf Vaters waren sie auch nicht, und es schien ihr nichts auszumachen.«

»Damals war es was anderes, da waren sie noch Kinder.« Eine Weile fuhren sie schweigend. »Ich kann mir nicht helfen, ich wünschte, wir hätten die Alten öfter besucht.«

Bea sagte ungehalten: »Hoffentlich willst du damit nicht sagen, daß wir sie vernachlässigt hätten. Ich hatte die Eltern genauso lieb wie du, aber du weißt so gut wie ich, daß ein wirklicher Kontakt mit ihnen nicht mehr möglich war, seit wir erwachsen sind. Wir konnten nur eins für sie tun: ihnen hin und wieder was zustecken, was sie sich sonst nicht geleistet hätten, und das haben wir getan.«

»Vermutlich habe ich einen Anfall von pathologischer Reue, wie sie bei solchen Anlässen unvermeidlich sind.«

»Sehr richtig, Tom, aber wir müssen uns auch darüber klar sein, daß es für Mutter eine Erlösung war. Außerdem konnten wir ja nicht wissen, daß es so rasch gehen würde.«

Er seufzte tief.

»Arme Mutter, sie hat es schwer gehabt. Und Ellen auch, die dort ihr Leben lang versauert ist.«

»Das hat sie nicht anders gewollt. Sie hätte ja nicht nachzugeben brauchen, als Mutter partout nicht ins Heim wollte. Geht es nicht ein bißchen zu weit, nun auch noch wegen Ellen pathologische Gewissensbisse zu haben? Schließlich lebt sie doch noch.«

»Du kannst ganz schön boshaft sein, Mrs. Coleman!«

Bea schniefte und tupfte sich die Augen.

»Ich wollte wirklich, wir hätten Mutter öfters besucht.«

Tom fuhr langsamer und sagte: »Da ist schon das alte Schulhaus. Das Dach bricht ein. Vermutlich werden die Kinder aus solchen Notstandsgebieten jetzt mit Schulbussen zur Distriktschule gekarrt. Mein Gott, wenn ich an unsere drei Meilen Fußmarsch denke, Bea!«

»Noch vor ein paar Minuten hast du unser Leben riskiert, weil du in irrer Eile nach Knockaulin wolltest.«

Tom beachtete sie nicht. Er wandte keinen Blick von dem Schulhaus.

»Jedesmal, wenn ich hier vorbeikomme, bin ich dem alten Jennings wieder dankbar.«

Die O'Sullivan-Zwillinge waren die Musterschüler dieser Elementarschule gewesen. Damals bestand die einzige Hoffnung auf Weiterbildung für Kinder wie sie in einem Stipendium der Grafschaftsverwaltung. Sie bot kümmerliche zehn Stipendien im Jahr und ermittelte in einer schriftlichen Prüfung, wer die besten Schüler der ganzen Grafschaft waren.

Einmal waren die O'Sullivan-Zwillinge Erste geworden. Doch wurden beim Eintritt in ein Internat zusätzliche Ausgaben fällig, die von der Studienbeihilfe nicht gedeckt waren, und aus Knockaulin ließ sich nur der nackte Lebensunterhalt herauswirtschaften. Bea erinnerte sich (weil Tom sie dazu zwang), wie rasch der Stolz der Eltern über ihre gescheiten Kinder in Verzweiflung umgeschlagen war. Sie erinnerte sich an tagelange Erklärungen und Entschuldigungen und an ihren Zorn und Kummer. Dann war der Schulmeister nach Knockaulin gekommen und auch der Gemeindepfarrer, sie hatte an der Tür gehorcht und erlauscht, »daß für diese außergewöhnlich begabten Schüler etwas getan werden müsse«. Es wurde dann auch etwas getan. Bea erfuhr nie genau was, wollte es auch gar nicht wissen, und die Zwillinge waren in ihre Internate abgereist.

Bea sagte: »Ich persönlich ziehe es vor, nicht mehr an die Jahre zu denken, in denen wir Gegenstand der öffentlichen Fürsorge waren.« Tom sagte gelassen: »Na ja, jetzt würden die Steuerzahler für uns blechen müssen, es käme auf dasselbe heraus.« (Es war verrückt, dachte er, wie diese alte Ruine ihn faszinierte.) »Hab ich dir je erzählt, daß der alte Jennings bei der Lehrerkonferenz geäußert hat, die kleine Ellen zeige ebenfalls Anzeichen eines wachen Verstandes und er setze große Hoffnungen in sie?«

»Es fällt mir schwer, das zu glauben. Mir scheint sie ziemlich – ja, nicht direkt blöd – aber doch jedenfalls unbeholfen.«

»So wären wir jetzt auch, meine Gute, wenn wir ihr Leben hätten führen müssen. Wenn ich es mir recht überlege, ist Ellen für uns so etwas wie eine unbekannte Größe, liebe Bea.«

Ellen war die Jüngste, geboren, als die Zwillinge schon sechzehn gewesen waren. Sie hatten einander aus ihren Internaten entsetzte Briefe über dies unerwartete Ereignis geschrieben. Doch die Eltern schienen recht zufrieden mit diesem Kind ihrer reiferen Jahre. Und später erwies sich Ellen natürlich als sehr nützlich für sie.

»Wir sehen sie nur alle paar Jahre, und leider finde ich nie etwas an ihr, was mich irgendwie interessiert. Wenn du dich jetzt freundlicherweise von deinen Sentimentalitäten und Erinnerungen an deine *alma mater* losreißen würdest –«

»Ich wollte, der alte Jennings hätte lange genug gelebt, um zu sehen, was aus uns geworden ist.«

Zwei Meilen weiter rief Bea: »Halt an!« Tom warf ihr einen überraschten Blick zu. Sie sagte ungeduldig: »Hier wohnt Jer Foley.«

»Stimmt. Ich hatte es mit dem neuen Heuschober gar nicht erkannt.« Tom lachte. »Weißt du noch, daß wir die Foleys für Großgrundbesitzer gehalten haben?«

»Für hiesige Verhältnisse waren sie das ja auch. Verglichen mit Knockaulin wird es Ellen vorkommen wie der höchste Luxus. Komm, Bruder, der heutige Tag wird für uns beide noch gräßlich genug, wir wollen uns nicht noch unnötige Gewissensbisse wegen Ellen machen. Zumindest können wir ganz sicher sein, daß es ihr von jetzt an gutgehen wird.«

Tom hielt neben dem Leichenwagen und sagte: »Wenn ich in den Hof fahre, komme ich nie wieder heraus.«

»Ich habe aber nicht die Absicht, knöcheltief im Mist zu waten. Es sind doch genügend Leute da, die den Wagen anschieben, falls du steckenbleibst.«

Tom fuhr also bis zur Tür. Die Menschen traten zur Seite, um ihn durchzulassen. Er bemühte sich, sie nicht anzuspritzen, aber es war unvermeidlich.

Sooft Bea nach Knockaulin kam, wurde ihr ungut in der Magengrube. Wenn sie damals nicht geflohen wäre, würde sie jetzt zu dieser Ansammlung von Frauen gehören, wäre mit einem dieser Männer verheiratet. Und Tom wäre auch ein Lümmel geworden wie der da drüben, der eben auf den Boden spuckte.

Als die Eltern noch lebten und sie erwarteten, war es anders gewesen. Sich geliebt und bewundert zu fühlen tat immer wohl. Später war es dann Mutter allein, doch sie stand in der Haustür, so lange sie sich noch hinschleppen konnte. Sogar als sie infolge ihrer Arthritis schon ganz bettlägerig war, hatte es sich beinahe gelohnt, heimzukommen, nur um zu sehen, wie ihr Gesicht aufleuchtete, wenn sie einen erblickte. Für Bea würde nun kein Gesicht mehr so aufleuchten. Beim Aussteigen vergoß sie einige zornige Reuetränen.

Ellen wartete natürlich. Sie war kaum verändert. Sie sah älter aus, als sie war, aber das bewirkte die Bauernarbeit, diese Art von harter, primitiver Bauernarbeit bei einer Frau. Tom umarmte sie, Bea küßte sie. Sie nahmen letzten Abschied von der Mutter (wenn erst einmal der Sargdeckel zugenagelt wurde, war das Schlimmste vorbei) und standen dann da, und alle traten heran und drückten ihnen förmlich die Hand und sagten: »Mein Beileid, Dr. Tom, mein Beileid, Mrs. Coleman.« Den Erfolgreichen gegenüber gab es keine Wärme, wohl aber Neid und, wie Bea spürte, auch unausgesprochene Kritik. Ein altes Reff ging sogar so weit zu sagen: »Ach, die arme Ellen, sie war die wirklich gute Tochter. So Gott will, wird sie dafür noch mal glücklich!« Verdammte alte Hexe!

Tom und Bea waren sich schon vorher einig gewesen: Die Nacht in Knockaulin zu verbringen hielten sie nicht aus. Kein elektrisches Licht, kein Wasser und das Klo im Hof. Und überhaupt, wo hätten sie schlafen sollen? Selbstverständlich wollte niemand in dieser Nacht in Mutters leerem Zimmer schlafen, und so blieb nur Ellens Rollbett in ihrem winzigen Zimmer – wenn sie es nicht vorzogen, in der Küche zu kampieren, wie damals, als Vater starb. Damals hatten sie bleiben müssen, um Mutter nicht zu kränken. Sie sagten es Ellen erst, als sie alle drei wieder in Knockaulin waren nach all dem Schrecklichen in der Kirche, dem morgen noch mehr Schreckliches dort und auf dem Friedhof folgen würde.

Im Haus zog Ellen die roten Vorhänge vor dem kleinen Fenster beiseite und stocherte im Torffeuer auf dem offenen Herd. Es war alles recht sauber und ordentlich gehalten, die Flickenteppiche auf dem gefliesten Boden, das auf der Kredenz aufgereihte Steingut mit dem Weidenmuster, das Eckschränkchen mit Glastür, in dem die Beleek-Tasse und der Toby-Krug standen, die Öllampe mit dem blauen Schirm, alles noch wie in den Kindertagen der Zwillinge. Bis auf Ellens auf rohen Brettern sich stapelnde Bücher und den teuren Transistor-Apparat, ein Weihnachtsgeschenk für Knockaulin vor fünf Jahren. Sogar der quadratische Spiegel hing noch an derselben Stelle.

Bea trat davor und schaute hinein, wie sie es so oft in ihrer Mädchenzeit getan hatte. Sie war noch immer hübsch, auch wenn sie sich jetzt schon Mühe geben mußte, um es zu sein.

Tom inspizierte die Bücher, die sich seit dem letzten Mal gewiß verdoppelt hatten. Die meisten waren schäbig und das Ganze eine sonderbare Zusammenstellung. ›Schwester Pattys Romanze‹ stand zwischen Gibbon's ›Niedergang und Sturz‹ und ›Madame Pompadour‹, wie Tom feststellte. Ellen beobachtete ihn leicht amüsiert.

»Ich gehe immer zum Antiquar in Bantry, Tom, aber ich bin in letzter Zeit nie weggekommen. Die Leute sind nett und bringen mir alles, was ihnen in die Finger kommt bei Tombolas und Weihnachtsmärkten und so. Wie du siehst, sind sie nicht besonders wählerisch, sie wissen nur, daß ich Bücher liebe, alle Bücher, und bringen sie mir. Aber ihr zwei müßt ja halbverhungert sein. Vielleicht hättet ihr vorher gern einen Drink? Es ist noch eine Flasche von dem letzten Whiskey da, den du Mutter geschickt hast. Sie war sehr sparsam damit und gestattete sich nur ein Glas Punsch am Abend.«

Tom und Bea sahen sich an.

Bea sagte: »Ein schnelles Schnäpschen nehmen wir gern, Ellen, aber wir könnten es nicht aushalten, heute nacht hier im Haus mit all den Erinnerungen zu bleiben. Wir fahren nach Bantry. Wir würden dich natürlich gern –«

Sie stockte. Ellen trug ein dunkelblaues Kostüm, das Bea ihr vererbt hatte, als es noch schick gewesen war, jetzt war es gänzlich aus der Mode und saß zu knapp. Sie mußte vergessen haben, daß Ellen mindestens eine Nummer größer trug, oder war das Ding eingegangen? Sie hatte dicke graue Strümpfe an und braune Schnürschuhe. Ihre Hände waren rot und rissig. Ihr dichtes braunes Haar war (vermutlich eigenhändig) zu einer Art Bubikopf geschnitten, reichte bis über die Ohren und wurde von zwei Metallspangen zurückgehalten. Ihr Gesicht war zu breit (obwohl man zugeben mußte, daß die Stirn und die grauen Augen schön waren), der Mund zu groß (glückliche Ellen, sie hatte noch sämtliche Zähne), und die Nase war – nun, eben eine Nase, sonst nichts. Das Beste, was man über ihr wettergegerbtes Gesicht sagen konnte, war, daß es kraftvoll aussah. Auch wenn sie, anders als die armen Eltern und überhaupt fast jeder auf der Halbinsel, grammatikalisch richtig sprach (das viele Lesen vielleicht und das Radiohören?), hatte sie einen gräßlichen Dialekt und gebrauchte manchmal ländliche Ausdrücke. Sie wirkte so, wie sie war, ein ehrbares, anständiges Frauenzimmer aus einer gesunden Bauernfamilie. Bea fand sich abscheulich und beendete den Satz hastig mit »– dich natürlich sehr gern mitnehmen.«

»Du verstehst das doch, nicht wahr, Ellen?« fragte Tom.

»Ja, ja. Das verstehe ich. Vielen Dank, aber ich muß hierbleiben. Die Sau wird bald ferkeln. Und ich möchte sowieso lieber hier bleiben, danke sehr.«

»Aber wir können dich doch heute nacht nicht alleinlassen.«

Mit einem Blick hielt Bea Tom gerade noch von der

Zusage zurück, sie würden bei ihr bleiben. Sie heute nacht alleinzulassen würde ihnen von der ganzen Gegend als bisher Schlimmstes angekreidet werden, aber das war ihnen gleichgültig.

»Um mich macht euch nur keine Sorgen«, sagte Ellen. »Ich komm schon zurecht.«

Sie trat an die Kredenz und holte den Whiskey heraus. Sie wirkte gänzlich erschöpft. Ihre Bewegungen waren langsam und unbeholfen. Als Tom zu ihr trat, um ihr die Flasche abzunehmen, fiel ihnen eine Pappschachtel herunter. Bunte Fotos flatterten heraus.

Tom und Bea sahen sich mit ihren neuen Mützen auf der Promotionsfeier, auf den Hochzeitsfotos, sahen ihre Kinder in sämtlichen Stadien vom Säuglingsalter bis zur Gegenwart, sahen sich in ihren Häusern.

Zu dritt begannen sie die Fotos wieder einzusammeln.

»Die Eltern haben sie gehütet wie Gold«, sagte Ellen, »es war großartig von euch, sie auf diese Art an allem teilhaben zu lassen.«

Die Bemerkung hatte keinen kritischen Unterton, und doch sahen Tom und Bea sich voller Unbehagen an. Bea starrte auf Denis und sich, wie sie die Hochzeitstorte anschnitten inmitten einer lächelnden Gruppe, alles Verwandte von Denis mit Ausnahme von Tom. Tom lächelte nicht. Vielleicht war ihm in diesem Moment der gleiche Gedanke gekommen, den sie heute immer wieder hatte verdrängen müssen? Doch die Eltern wären in dieser Gesellschaft vollkommen fehl am Platz gewesen. Sie wären nicht glücklich gewesen. Unbedacht sprach sie aus, was sie dachte: »Na, hoffentlich haben sie nie geglaubt –« und verstummte sofort. Sanft nahm Ellen ihr das Foto ab und legte es zu den übrigen in die Schachtel zurück.

Tom goß Bea und sich eine reichliche Portion Whiskey zur Stärkung ein. Ellen machte sich nichts aus

Whiskey, nahm aber auch ein Gläschen, zur Gesellschaft, wie sie sagte. Schweigen senkte sich herab. Bea wußte, wie Tom zumute war, denn ihr war genau so. Aber was vorbei war, war vorbei, und wenigstens ab jetzt brauchten sie sich Ellens wegen keinerlei Vorwürfe mehr zu machen.

Tom räusperte sich. »Ich hatte heute Gelegenheit, Jer Foley kennenzulernen, Ellen. Ich hatte einen sehr günstigen Eindruck von ihm.« Humorvoll fuhr er fort: »Als Haupt der Familie ist es mir eine angenehme Pflicht, dir mitzuteilen, daß ich mit deinem Bräutigam ganz und gar einverstanden bin.« Er hob das Glas. »Und euch beiden ein langes, glückliches Leben wünsche.«

Bea lächelte, nickte und stieß mit an. Jer Foley hatte sich nicht wesentlich aus der Masse abgehoben, war aber bei weitem nicht der Schlimmste. Sah gar nicht schlecht aus, war leidlich jung und einer der wenigen, der zu diesem traurigen Anlaß Kragen und Schlips angelegt hatte.

Sie richtete sich mit einem Ruck in ihrem Stuhl auf, als Ellen sagte: »O nein, Tom. Jer und ich werden nicht heiraten.«

Sekundenlang waren Tom und Bea sprachlos. Dann sagte Bea mit schwankender Stimme: »Aber was ist denn passiert, Ellen? Es war doch seit Jahren verabredet.« Sie konnte sich an keine Zeit erinnern, in der es nicht ausgemachte Sache gewesen war, daß dieser Jer Foley geduldig im Hintergrund wartete (wie vermutlich auch Ellen), daß das eine oder andere Elternpaar abtrat, weil es offenbar undenkbar war, beide Paare unter ein Dach zu bringen. Ellen mochte ja keine tolle Partie sein, trotzdem durfte der Mann, der sie in diesem Stadium im Stich ließ, nicht so einfach davonkommen. »Vielleicht weiß er nicht, daß Tom und ich keine Anteile an Knockaulin haben, daß es ganz dir gehört?«

Auch Knockaulin war keine tolle Partie, aber vielleicht konnte dieser Foley es als Nebenbetrieb verwenden. Im Notfall eignete es sich für Schafe. »Ich glaube, du solltest mal taktvoll mit ihm sprechen, Tom.«

»Er ist es ja nicht, der die Sache nicht zu Ende führen will, ich bin es«, sagte Ellen.

Wiederum sprachlos sahen beide sie an.

»Gewiß, der arme Kerl nähme mich auch ohne jedes bißchen Land, das hat er mir heute sogar gesagt.«

Bea rang nach Luft, doch ehe sie sprechen konnte, fuhr Ellen etwas niedergeschlagen fort: »Es war mir ja arg, ihn enttäuschen zu müssen, aber wie ihr wißt, war die ganze Verbindung von beiden Familien über unsere Köpfe weg abgesprochen ohne ein Wort zu uns oder zwischen uns beiden. Ich habe immer versucht, ihn wissen zu lassen, daß ich dabei nicht mitmache –«, sie stieß unvermutet ein gluckerndes Lachen aus – »aber ich hab eben nie wirklich Nein gesagt, einfach weil er mich bis heute nie gefragt hat. So läuft es hierzulande eben manchmal, ihr habt das wahrscheinlich vergessen. Aber er ist hartnäckig, der Jer. Und die Eltern waren es auch.« Ganz ernsthaft fragte sie: »Ist es nicht sonderbar, daß die Menschen glauben, sie könnten einen zu etwas zwingen, wenn sie nur lange genug fest bleiben? Na, lassen wir das. Jer findet bestimmt eine, die zu ihm paßt.«

Bestürzt und aufgebracht wie sie war, hielt Bea sich nicht länger zurück.

»Er schon! Aber du nicht! Welcher Mann, glaubst du, kommt zu diesem Steinhaufen heraufgestiegen und sucht dich hier – und das in deinem Alter?«

Tom sagte rasch: »Du weißt, Bea meint es nicht so, Ellen, aber man kann es ihr nicht übelnehmen, daß sie bei deiner Mitteilung die Geduld verliert, wo sie doch nur dein Bestes im Auge hat. Und ich auch. Übrigens sind wir nicht die einzigen, denen du Sorgen machst.

Jetzt kann ich es dir ja sagen, daß Mutter bei unserem letzten Gespräch meinte, wenn dir nicht eine gesicherte Zukunft mit Jer Foley gewiß wäre, hätte es ihr das Herz gebrochen mitanzusehen, wie du dein Leben für Knockaulin opferst.«

In vollständiger Gleichgültigkeit gegen Mutters Wünsche und mit einer ruhigen Vernunft, die einen rasend machen konnte, sagte Ellen: »Aber ihr könnt doch nicht von mir verlangen, daß ich Jer heirate, nur um dir und Bea Sorgen zu ersparen, und Mutter wird sich nie mehr welche um mich machen.«

Mit einer Geduld, von der Bea wußte, daß sie sie niemals aufbringen würde, fuhr Tom rasch fort: »Ich wäre der letzte, der dir bei einer so wichtigen Entscheidung zureden würde, wenn es nicht deinen Neigungen entspricht, zum Beispiel wenn Jer Foley dir irgendwie widerwärtig wäre.«

Ellen meinte nachdenklich: »Nein, nein. Jer und ich hatten uns immer gern.«

»Was hast du dann für einen Grund, deine – ich sage es ehrlich, Ellen – deine einzige Chance auf ein annehmbares Leben zu vertun?«

Bea blieb der Mund offenstehen, als das unschöne, linkische Geschöpf etwas ganz Albernes entgegnete: »Weil ich ihn nicht liebe.«

Sie sah, daß auch Tom über so viel Unsinn verblüfft war, und faßte sich als erste. Hoffnungsfroh fragte sie: »Ach so, du meinst, es gibt noch jemand anders?«

Natürlich konnte es niemand Passenderes geben als Jer Foley, der Ellen nehmen würde, aber mit einem wie auch immer gearteten Ehemann brauchten sie sich füglich nicht mehr um sie zu kümmern.

»Nein, es gibt keinen anderen.«

Tom sagte gebieterisch, aber freundlich, etwa wie man zu einem widerspenstigen Patienten spricht: »Ich glaube, wir sind im Moment alle etwas überfordert. Jer

Foley hat es sicherlich gut gemeint, aber es war wohl kaum der rechte Augenblick, um mit einem Heiratsantrag herauszurücken. Ich werde ihm das morgen auseinandersetzen, und dann reden wir noch einmal über alles.« Er erhob sich, um sich mit diesem optimistischen Schlußsatz zu verabschieden.

Ellen holte die Beleek-Tasse samt Untertasse und den Toby-Krug aus dem Schränkchen.

»Mutter hat gesagt, eines davon solltest du bekommen. Du sollst dir selber aussuchen, welches du möchtest.«

Bea, die sich an der kostbaren Beleek weidete, fühlte sich verpflichtet, zum Schein ein wenig zu widerstreben.

»Aber Ellen, das sind doch Kostbarkeiten und gehören hier ins Haus.«

»Deswegen sind sie ja für euch. Mutter war sehr stolz auf euch beide.«

Sie traten aus der dämmrigen Küche in einen wahren Farbenrausch. Der Himmel war rot-, gold- und amethystfarben, das Meer ein Opal, selbst die Felsen leuchteten wie Metallspiegel zwischen Ginster, Schwarzdorn und Farn. Zum zweiten Mal an diesem Tag füllten sich Beas Augen mit Tränen. Sie sagte: »Ich hatte fast vergessen, wie atembeklemmend schön es hier sein kann.«

Tom sagte abwesend: »Knockaulin. Schöner Hügel.« Plötzlich stieß er rauh einen Kiesel zur Seite. »Ich weiß es noch, Jennings hat mir gesagt, früher hatten die Leute einen anderen Namen für ihn. Knocknagorta. Hungerhügel. Ja. Versuch etwas zu schlafen, Ellen. Wir müssen morgen viel besprechen.«

Ellen sah ihnen nach, bis der Wagen außer Sicht war. Morgen würden sie reden, endlos reden, der arme Tom, die arme Bea, und versuchen, sich in eine Menge

Worte zu flüchten, wie Tiere, die sich vor einer Gefahr im Unterholz verkriechen. Sie kannten sich selbst nicht, hatten kein Vertrauen zu sich, deshalb kannten sie auch andere nicht und vertrauten ihnen nicht.

Sie blieb stehen und sah weiter vom schönen Hügel hinaus in die Weite, weil die Tür hinter ihr jetzt nur mehr in einen Abgrund der Leere führte.

Die beiden kannten nicht einmal den eigenen Vater, die eigene Mutter. Heute, an diesem einen Tag unter den vielen, an denen die Eltern gedacht haben mochten, daß ihre klugen, erfolgreichen Kinder sich ihrer schämten – was sie natürlich auch getan hatten, doch das hätten die Eltern nie und nimmer geahnt –, hatten sie ein schlechtes Gewissen!

Die Eltern wußten, daß sie arm und ungebildet waren und sich nicht so benahmen wie feine Leute, aber sie arbeiteten hart, so lange sie konnten, sie taten ihr Bestes an dem wenigen, was sie besaßen, schadeten niemandem und halfen, wo es möglich war. Sie schämten sich nie, konnten sich auch nicht vorstellen, daß jemand sich ihrer schämen müsse.

Sie waren gütig, freundlich und liebevoll. »Ruhet in Frieden, ihr Lieben«, sagte sie leise.

Shep kam zu ihr und bellte einmal kurz. Damit bat er um Erlaubnis, ins Haus gehen zu dürfen. Ellen sagte: »Ja. Rein.« Er lief hinein.

Einem Hund gegenüber meinten die Menschen das, was sie sagten. Schade, daß sie es untereinander nicht taten. Das Leben wäre so viel einfacher gewesen.

Noch immer blickte sie hinaus aufs Meer. Jenseits des Horizonts lagen die Massen des Festlandes und noch weiter dahinter die anderen großen Erdteile. In dieser weiten Welt konnte es für einen Menschen so manches geben. Auch wenn man nie aus Bantry herauskam, konnten einen doch die Gedanken überall hintragen.

Shep bellte mehrmals kurz. Er wollte sein Futter. Ellen ging ins Haus, um es ihm zu geben.

Drittes Kapitel

Zwei Monate später waren Tom und Bea erneut auf dem Weg nach Knockaulin. Jeder hatte an diesem Morgen einen Brief von Ellen bekommen. Eine holländische Bankengruppe hatte die Farm als Bauplatz für ein Feriendorf gekauft. Der Preis betrug hundertfünfzigtausend Pfund. Am Telefon war diese Zahl zwischen ihnen hin und hergeflogen wie ein Echo, wie eine Beschwörungsformel, und als Bea in Toms Wagen stieg, wiederholte sie sie mit erstickter Stimme noch einmal.

Tom sagte: »Nun hör schon auf. Leider muß auch ich daran denken, daß mir ein Scheibchen davon gut zupaß gekommen wäre.«

»Hätte Mutter gewußt, was Knockaulin wert ist, hätte sie es niemals allein Ellen hinterlassen. Schließlich ist es Familienbesitz, und Enkel sind auch da.«

Tom warf ihr einen Blick zu. Sie sagte verärgert: »Nicht daß ich Ellen ihr Glück mißgönne, bestimmt nicht, aber es liegt doch auf der Hand, daß ein Mensch wie sie soviel gar nicht für sich verbrauchen kann.«

»Hoffst du etwa, daß sie mit uns teilen will?«

»Nun sei doch nicht so! Also wenn du mich fragst, ich hab mir schon überlegt, ob sie sich nicht dazu verpflichtet fühlen wird.«

»Ich sag dir immer wieder, du unterschätzt Ellen. Sie weiß, daß wir nicht gerade von der Wohlfahrt leben. Sie ist vielleicht nicht sehr weltgewandt, aber auch kein Dummkopf.«

Als sie in den Hof einfuhren, watete Ellen in hohen Gummistiefeln und einem alten Overall herum. Bea begrüßte sie mit etwas hysterischem Lachen.

»Wir haben wirklich nicht damit gerechnet, die Goldmarie beim Saustallausmisten anzutreffen.«

Ellen stieß die Mistgabel senkrecht in einen Dunghaufen.

»Schön, daß ihr da seid, ihr beiden. Hätte ich gewußt, daß ihr kommt, hätte ich meine Stallarbeit schon früher erledigt. Geht doch schon hinein. Ich mach mich inzwischen gesellschaftsfähig.«

Tom umarmte sie und sagte: »Wir sind sofort nach Empfang deiner wundervollen Nachricht losgefahren.«

Bea zwang sich, den Schweinegeruch auszuhalten, umarmte sie ebenfalls und sagte: »Wir sind total weg und ganz begeistert.«

Sie warteten in der Küche auf Ellen. Bea sagte naserümpfend: »Mann Gottes, kannst du dir einen normalen Menschen vorstellen, der hundertfünfzigtausend Pfund sein eigen nennt und weiter die Schweinehirtin spielen möchte?«

»Du kannst doch nicht derart verstädtert sein, daß du vergessen hast, daß immer jemand für die Tiere sorgen muß, und hier ist das eben ausschließlich Ellen. Freust du dich eigentlich kein bißchen für sie? Ich habe nicht den Eindruck.«

»Ich würde mich von Herzen freuen – wenn es, sagen wir mal – zehntausend wären.« Ihrem Zwilling gegenüber war Bea immer am aufrichtigsten. »Bin ich jetzt deswegen ein Ungeheuer?«

»Nein, das finde ich nicht. Wir sind beide ganz und gar mittelmäßig, fürchte ich.«

Wenigstens in diesem Augenblick, in dem Ellen jetzt von der Pumpe im Hof hereinkam, mit leuchtend sauberem Gesicht und Händen, die noch glänzten von Seife und kaltem Wasser, und fast kindlich froh und erregt aussah, konnten ihre Geschwister nicht anders, als sich mit ihr freuen. Sie lächelten sie nachsichtig an, als sie den Champagner versuchte, den sie mitgebracht hatten, und dabei überrascht sagte: »Ach, der schmeckt aber gut.«

»Von jetzt an kannst du drin baden«, sagte Bea.« Du bist eine ganz Schlaue, daß du gewartet hast, bis alles geregelt war, ehe du damit herausrücktest.«

»Entschuldigt die Heimlichtuerei in den letzten vier Wochen, aber Mr. Horgan, das ist der Anwalt in Bantry, hatte mir auf die Seele gebunden, niemand ein Sterbenswort zu sagen, solange die Verhandlungen liefen. Sogar mich hat er von allem ausgeschlossen. Das ist ein ganz Harter, wenn's ans Geschäft geht. Gestern sagte er, er hätte von Anfang an gewußt, daß diese Holländer Knockaulin sehr dringend haben wollten. Sie taten immer so, als wollten sie das nicht, und fuhren herum, um sich noch alles mögliche andere anzusehen, aber sie kamen immer wieder her. Er hat ihnen gesagt, die O'Sullivans lebten schon seit sieben Generationen hier und es müsse sich für mich sehr lohnen, ehe ich so was aufgäbe. Er hat die Holländer nie allein mit mir verhandeln lassen, er war immer dabei, und sie gingen herum und studierten die Lage des Grundstücks und blieben stehen und sahen sich von immer neuen Punkten die Aussicht an, alles unter seiner Aufsicht.«

Sie spielte zerstreut mit ihrem leeren Glas. Tom füllte es wieder.

»Als ich gestern unterschrieb, war ich ganz erschrokken über das viele Geld, das ich dafür bekam, aber Mr. Horgan sagte, man bekäme in ganz Irland kein zweites solches Hochplateau zu kaufen, und daß es stocknüchterne Geschäftsleute sind, die bestimmt niemand was schenken, und daß sie genau wüßten, daß sie nicht nur ihr Geld wieder herauswirtschaften, sondern noch sehr, sehr viel mehr. Das machte die Sache leichter. Außerdem hat er gesagt, daß es dem ganzen Bezirk Wohlstand bringen würde, und das wäre doch wunderbar.« Sie sah aus dem Fenster. »Hier wird es dann schöne Häuser geben und ein Clubgebäude und ein Schwimmbecken und unten einen Hafen für Sportboote. Und bei alledem wird es immer noch Knockaulin sein. Als die Holländer erfuhren, was der Name bedeutet, sagten sie, den würden sie nie ändern. Es wird der schöne Hügel bleiben.«

Tom füllte wieder alle Gläser bis zum Rand. Bea fand, es sei falsch, Ellen noch mehr zu geben, sie hatte ohnehin schon ganz glänzende Äuglein. Sie mußten jetzt auf den Hauptgrund ihres Besuches zu sprechen kommen. In zwei Wochen sollte Knockaulin übergeben werden. Tom und sie waren sich einig darüber, daß es von größter Wichtigkeit sei, Ellen sofort unter ihre Kontrolle zu bekommen. Eine Frau, die nie weiter gereist war als bis Bantry und von nichts eine Ahnung hatte, mit hundertfünfzigtausend Pfund auf die Menschheit loszulassen, war doch, als schickte man ein Lamm zur Schlachtbank. Sie sagte: »Wahrscheinlich hast du noch nicht darüber nachgedacht, was du tun willst, wenn du hier wegziehst, aber –«

Träumerisch unterbrach Ellen: »O doch, das habe ich. Als erstes möchte ich mir Städte ansehen, große Gebäude und Theater und Läden und Straßen voller Menschen. Und fremde Länder. Und Bücher.« Sie blickte zu den Regalen hinüber. »Einfach in einen Buchladen gehen und jedes beliebige Buch kaufen, das mir gefällt. Ladenneu.«

»Ja, gewiß, aber ich hatte gehofft, du kämst erst mal zu mir nach Cork und wohntest bei mir.«

Ellen wirkte heute noch grobknochiger und ungeschlachter als in ihrem abgetragenen Beerdigungskostüm, aber mit ihrem Geld konnte man viel tun, um ihre Erscheinung zu verbessern, und hundertfünfzigtausend Pfund waren sehr wohl imstande, ihre gesellschaftlichen Mängel auszugleichen.

»Ich meine ja nur, bis du dich ein bißchen zurechtgefunden hast.«

»Und ein Auto«, sagte Ellen, noch immer wie im Traum.

»Gewiß. Es gibt ausgezeichnete Fahrschulen in Cork. Wir können leicht arrangieren, daß du deine Fahrprüfung vorrangig machen kannst.«

Tom streckte die Hand aus und legte sie auf Ellens. »Wir wissen, daß du gewöhnt bist, allein auf dich aufzupassen, das hast du ja auch immer gemußt, aber jetzt fängt ein völlig anderes Leben für dich an. Glaube mir, du wirst Rat nötig haben. Wenn du uns brauchst – wir sind immer da.« Mit schiefem Lächeln meinte er: »Wir mögen ja unsere Fehler haben, aber wir sind doch deine Verwandten.«

Ellen tauchte aus ihrem Traum auf. Sie sah Tom an. Sie sah Bea an.

»Ja, wir sind verwandt. Und wir sollten uns kennenlernen. Danke, Bea. Ich komme gern eine Weile zu dir.«

Als sie abgefahren waren, ging Ellen wieder daran, es der Sau und ihrem Wurf behaglich zu machen. Danach wanderte sie, Shep auf den Fersen, hinaus und setzte sich auf ihren Felsen.

Als sie einwilligte, nach Cork zu ziehen, war sie vermutlich vom Champagner beeinflußt gewesen, ebenso aber von Toms Hand auf der ihren und seiner Ermahnung, daß die Geschwister, obwohl dem Hause entfremdet, doch mit ihr und früheren Generationen verbunden seien. Auch wenn sie es sich jetzt überlegte, bereute sie ihre Einwilligung nicht. Die Menschen hatten eben verschiedene Fehler, verschiedene Tugenden, man mußte sie als das akzeptieren, was sie waren, oder überhaupt nicht, und wenn Tom, Bea und sie, drei O'Sullivans, herausfanden, was ihnen gemeinsam war, so war das schon ein Gewinn.

Obwohl sie ehrlich überzeugt war, in jeder Lage für

sich einstehen zu können, stimmte es, daß sie nur kannte, was in Knockaulin galt, und daß es vernünftig wäre, erst einmal Erfahrungen mit allem übrigen zu machen, ehe man sich hinauswagte in die Welt. Eine Möwe hoch über ihr stieß ihren Sommerruf aus: »Haha-ha!«, und sie lachte ihr kurz nach.

Mr. Horgan würde sehr erleichtert hören, daß sie zu ihren Geschwistern zog. Der Arme war von der gleichen Angst beherrscht wie Tom und Bea, daß sie das schöne Geld verplemperte, statt es sicher anzulegen. Sonderbar, daß die Leute denken konnten, einem Menschen, der jahrelang jeden Pfennig hatte herumdrehen müssen, sei es nicht zuzutrauen, den nötigen Respekt vor Geld zu haben. Vielleicht, dachte sie, kann man es nur so benutzen, wie es benutzt werden sollte, wenn man nicht dafür hat arbeiten müssen. Wenn es wie ein goldener Regen auf einen herabfällt, ohne es um seiner selbst willen zu schätzen im Gedanken an all den Schweiß, den man dafür vergossen hat. Ich will schon aufpassen, daß ich nie wieder arm werde, aber schließlich habe ich viele Freuden nachzuholen.

Sie blickte hinaus über die Erdteile, hinaus über die Welt, die ihr nun offenstand. Eine Hoffnung, die fast ganz eingeschlafen war, begann sich wieder zu regen. Hier habe ich ihn nicht gefunden, dachte sie, aber irgendwo dort draußen finde ich ihn vielleicht doch, den Menschen, der die Welt mit mir teilt.

Shep hob den Kopf. Sie kraute ihn hinterm Ohr.

»Ach«, sagte sie laut. »Ich in meinem Alter und dann auch noch häßlich. Shep, sag mir, daß ich vernünftig sein soll. Das kann man doch mit keinem Geld der Welt kaufen.«

Vielleicht doch, dachte sie.

Sie blieb bis zum letzten Augenblick in Knockaulin. Es hatte sie großzügig entschädigt für die Jahre, die sie ihm gedient hatte, und ihm Gesellschaft zu leisten war das wenigste, was sie tun konnte. Es waren seltsame Tage: Alle Tiere fort und kaum ein Laut außer den Wellen, den Seevögeln und den Raben.

Tom und Bea hatten sie, als die Nachricht sich verbreitete, vor Schmarotzern gewarnt. Komisch, daß die zwei nicht begriffen, welcher Art die Menschen waren, zwischen denen sie doch geboren und aufgewachsen waren. Da gab es keinen, dem der Stolz erlaubt hätte, sie um etwas zu bitten. Selbst die Vorräte mußten auf dem Markt verkauft werden, denn sie zu verschenken hätte bedeutet, daß man sie wie Abfall behandelte, damit die Leute sich darum balgten. Mit Shep und Neddy war es etwas anderes. Jer Foley nahm um der alten Zeiten willen Shep zu sich, und die Witwe Dunphy war froh über Neddy und ihren Karren, um darin Tang vom Strand zu holen. Sie empfand es nicht als Mildtätigkeit, sondern glaubte Ellen einen Gefallen zu tun, wenn sie ihrem Tier ein Heim gab.

Mit allem übrigen konnte Ellen nichts anderes tun, als es dem Vincent-von-Paul-Orden zu stiften zur anonymen Verteilung, den Kindern etwas zu schenken und alle miteinander am Abend vor ihrer Abreise in McCarthys Pub einzuladen.

Als Bea sie am nächsten Nachmittag abholen kam, trug sie ein neues Kostüm und hatte den ersten Koffer ihres Lebens gepackt mit den neu erstandenen Sachen. Bea musterte sie vom Scheitel bis zur Sohle.

»Aha, du warst also einkaufen.« Sie warf einen Blick auf den Koffer, der unverhältnismäßig klein war. »In Bantry, nehme ich an? Gescheit von dir, nicht zu viel zu kaufen. In Cork sind ein, zwei wirklich gute Boutiquen.«

Bea fuhr schnell und gut. Bei allem, was sie unternahm, war sie überdurchschnittlich tüchtig. Sie berührte keines der Themen, die mit Ellens Zukunftsplänen zusammenhingen, sondern beschränkte sich auf gelegentliche höflich-nebensächliche Bemerkungen. Am Stadtrand von Cork bog sie nach rechts auf einen Weg ein, der zu einer Allee oberhalb der Stadt hinaufführte. In unregelmäßigen Abständen erlaubten hier Gartentore Einblicke auf gepflegte Rasen und schöne Häuser, alte und ganz moderne.

»Das da ist Toms.« Bea hielt vor einem offenen Tor. Es war eines der neueren Häuser, ein langgestreckter, weißer Bungalow mit überdachtem Säulengang. Ellen erkannte es nach den Fotos. Sie wußte, daß Denis Colemans Firma – mein Schwager, dachte sie zum ersten Mal – es gebaut hatte.

»Toms Praxis ist auf Patrick's Hill, dort haben sich alle Spezialisten niedergelassen.«

Bea bog in die nächste Einfahrt ein. »Willkommen in Beechmount, Ellen! Beide Familien sind versammelt, damit du die Vorstellung gleich auf einmal hinter dir hast.«

Beechmount war ein zweistöckiges, georgianisches Haus. Ellen erkannte den Rasen und die Blumenbeete ebenfalls nach den Fotos. Sie wußte, daß dahinter noch ein großer Garten lag. Auf weißen Gußeisenstühlchen unter einer Zeder saßen Leute, standen auf und kamen zum Wagen. Tom öffnete Ellen die Wagentür, küßte sie auf die Stirn und sagte: »Willkommen!«

Ellen schüttelte all den lebenden Fotos die Hände. In den lächelnden Gesichtern funkelten neugierige Augen.

Lachend sagte Bea: »Du kannst sie später beim Essen in Ruhe auseinanderdividieren.«

Das fiel Ellen nicht schwer. Alice war Toms Frau, schick und selbstbewußt wie Bea, aber weniger hübsch. Owen war Toms Sohn, groß und breit wie der Vater. Er war neunzehn und studierte Medizin. Denis war Beas Mann, Denis Coleman. Er war klein, dunkelhaarig und sah pfiffig aus. Beas Kinder waren Desmond und Judy. Desmond war zwanzig, er war größer als der Vater und so blond wie Bea, er lernte Buchhaltung. Judy war fünfzehn, braunhaarig und langbeinig.

»Ich glaube, ich kenne mich jetzt mit allen aus, Bea. Ich weiß schon so viel über euch.« Zu ihren beiden Neffen und ihrer Nichte gewandt, dachte sie wieder zum ersten Mal, ich bin ihre Tante, und sagte: »Euch drei hab ich schon mal gesehen.« Selbst für Tom und Bea hatte es als unabdingbare Pflicht gegolten, jedes Kind einmal nach Knockaulin zu bringen und den Großeltern zu zeigen. »Da wart ihr aber noch klein. Und ich habe Bilder von euch in jedem Alter.«

»Unfair, so was!« sagte Judy. »Das einzige Bild, das wir von dir haben, ist das im ›Cork Examiner‹.«

Bea warf ihr einen eisigen Blick zu, und Judys drolliges Lächeln erlosch, doch sie fuhr hartnäckig fort: »Ich fand, du sahst nett darauf aus.«

Auch Ellen fand, daß Judy nett aussah. Beim Anblick dieses frischen jungen Gesichts begann sie zu ahnen, wie ihre verhärmte Mutter ausgesehen haben mochte, als sie fünfzehn war. Sie gab Judy ihr Lächeln zurück.

»Ja, man hat es mir gezeigt. Shep ist sehr gut darauf getroffen.« Sie lachte leise. »Und der Hintern von Maud.«

Bea stieß ein glockenhelles Lachen aus.

»Die Kuhmagdpose war zwar sehr originell, aber wirklich, Ellen, du hättest darauf achten müssen, daß deine Geschichte nicht in alle Zeitungen kommt. Diese Art von Publicity kann dir eine Menge Unannehmlichkeiten auf den Hals ziehen, weißt du, Bettelbriefe und so. Nun ja, ich glaube, das war unsere Schuld. Wir hätten dich warnen sollen.«

Tom sagte schroff: »Mach keine solche Affäre draus. Ellen hat bestimmt nicht darum gebeten, daß man die Sache breittritt, und du weißt so gut wie ich, daß es unmöglich ist, sich diese verdammten Reporter vom Leibe zu halten.«

»Der Reporter wußte bereits alles über Knockaulin.«

Tom und Bea hatten sich offensichtlich schon einmal wegen des Zeitungsartikels gestritten. Ellen hatte ihn kaum beachtet, nur ausgeschnitten, um ein Bild von Shep zu haben. Sie verstand erst jetzt, weshalb ihr Bild in Arbeitskluft und die Aschenbrödelgeschichte über diese Schwester von Mrs. Denis Coleman in Beechmount Bea geärgert hatte, so geärgert, daß sie es trotz aller Versuche, besonders verbindlich zu sein, nicht ganz verbergen konnte. Bea konnte einem leid tun, ihre Einstellung verursachte ihr eine Menge unnötigen Streß.

»Er kam nur kurz vorbei, um ein Foto zu machen.« Wieder lachte sie leise. »Die Situation, in der er mich antraf, machte ihn zu nervös, um Fragen zu stellen. Maud schlägt nämlich nach Fremden aus.«

Tom hakte sich bei ihr ein, und alle gingen fröhlich schwatzend auf das Haus zu. Sie waren nur sieben, aber sie kam sich vor wie inmitten einer Menschenmenge. Sie rief sich ins Gedächtnis, daß Menschen zu den Dingen gehörten, die sie erleben wollte, viele neue Menschen, und wo konnte man besser anfangen als bei der eigenen Familie. Sekundenlang wäre sie gern mit Maud allein auf dem Rasen von Beechmount gewesen.

In der Tür zur Diele drängte sich Judy an sie, drückte ihren Arm und flüsterte: »Alle meine Freundinnen waren ganz begeistert, als sie das von dir lasen. Es muß wahnsinnig aufregend sein, Tante Ellen, so wie sechs Richtige.«

»Es ist auch hübsch«, sagte Ellen. Dann führte Bea sie die Treppe hinauf in ihr Schlafzimmer. Es war das Hauptgästezimmer mit einer Verbindungstür zu einem eigenen Bad.

»Du hast noch Zeit zu baden, ehe wir essen«, sagte Bea. »Und vielleicht möchtest du dir was Leichteres anziehen, wenn du was hast.«

Ellen führte ihre beiden neuen Kleider vor.

»Ja, das geblümte, obwohl das Blau vielleicht ein bißchen riskant ist.« Sie stockte. »Es ist ein ganz einfaches Essen, keine große Sache. Und wir sind ja nur unter uns.«

Kaum allein gelassen, ließ Ellen sich auf den Bettrand fallen, sprang aber sofort wieder auf. Nur ein Trampel aus Knockaulin würde diese kostbare seidene Tagesdecke zerknittern. Sie lachte über Bea und sich selbst und machte dann ihre erste Erfahrung mit dem Luxus: in warmem Wasser in einer versenkten Porzellanwanne herumzuplätschern, statt in einer Blechbütte zu stehen und sich mit einer abgestoßenen Emailkanne abzugießen. Es war genauso köstlich, wie sie es sich vorgestellt hatte. Es war anscheinend doch mehr daran, an dem Dasein einer reichen Frau, als sie sich bis jetzt klargemacht hatte.

Sie ging ins Schlafzimmer zurück und stellte sich vor den Spiegel. Es war das erste Mal, daß sie sich nackt in voller Länge sah. Abgesehen von Gesicht, Händen und Füßen, hatte das, was sich stückweise beurteilen ließ, immer recht zufriedenstellend gewirkt. Nun, da die Teile des Puzzles zusammengefügt waren, staunte sie.

Ihr Körper war herrlich. Die Schultern, die bekleidet ein wenig breit wirkten, waren ideal proportioniert, die Brüste rund und straff, die Taille schlank, der Bauch flach, die Schenkel fest und ebenmäßig, die Beine lang und wohlgeformt. Sie grinste der prächtigen Frauengestalt im Spiegel breit zu, insbesondere den

Beinen. Beas einziger Makel war – wie bei vielen Frauen der Halbinsel – ihre Kurzbeinigkeit, und in diesem einen Punkt verhielt sich Ellen zu ihr wie die Araberstute zum Ackergaul.

Mit Bedauern schlüpfte sie in das geblümte Kleid, das alles bedeckte und entstellte, was sehenswert an ihr war, zog die hellen Strumpfhosen hoch, die sie sich statt ihrer dicken Strümpfe besorgt hatte, die aber dennoch an Waden und Knöcheln auftrugen, und ging zum Dinner hinunter.

Alle waren nett zu ihr, damit sie sich heimisch fühlen sollte, aber obwohl sie von daheim auch nur Small-Talk gewöhnt gewesen war, gelang er hier nicht besser. Immerhin: sie war nur korrekt und langweilig, was Bea weder überraschte noch bekümmerte, und sie machte ihr auch keine Schande, etwa indem sie das Messer ableckte.

Am folgenden Tag sagte Bea schon morgens energisch: »So, Ellen, heute haben wir eine Menge zu tun. Ich habe dich bei meinem Friseur angemeldet, und anschließend gehen wir Kleider kaufen. Bitte tu mir den Gefallen und laß mich das alles in die Hand nehmen, ja?«

Solange Ellen Gast in Beas Haus war, wollte sie ihr in allen Nebendingen nachgeben. Sie sagte ergeben: »Jawohl, Bea.«

Nach sieben anstrengenden Stunden mit nur einer kurzen Mittagspause in einem Restaurant, war Ellens Haar geschnitten und zu einer Art Kappe geföhnt, sie besaß Cremes für Gesicht und Hände, besaß vier Paar Schuhe, zwei Hüte und eine Anzahl sündhaft teurer Hüllen, von der Unterwäsche angefangen, alle denkbar verschieden von den bunten Läppchen, die ihr in Bantry gefallen hatten. Sie konnte zwar nicht feststellen, daß eines davon ihre Erscheinung wesentlich verbesserte (das konnte nur totale Nacktheit), doch Bea schien zufrieden.

Am Tag darauf war Tom an der Reihe. Er nahm sie beiseite und teilte ihr mit, er habe seinen Vermögensberatern gesagt, sie käme vorbei, um ihre Angelegenheiten mit ihnen durchzusprechen.

»Es sind solide Leute. Du darfst sicher sein, daß sie dir auf todsichere Weise die größtmögliche Rendite rausholen aus deinem Kapital.«

»Vielen Dank, Tom.«

»Und jetzt habe ich noch eine gute Nachricht für dich. Denis erzählt mir eben, daß hier an der Straße demnächst ein Bauplatz zum Verkauf steht. Er könnte dir da ein Traumhaus bauen, Ellen.«

»Ach Tom, ich weiß nicht ... Ich habe mir gedacht, ich ziehe einfach immer weiter, bis ich den Ort finde, der mir am besten gefällt, und dort bleibe ich dann.«

Tom lächelte freundlich.

»Ich weiß, du hast im Moment noch allerlei phantastische Vorstellungen, aber du wirst schon noch drauf kommen, wieviel dafür spricht, in der Nähe seiner Verwandten zu wohnen.«

Es waren zwar ihre Verwandten, aber Ellens Hoffnung, ein Verwandtschaftsgefühl zu ihnen zu entwickeln, schwand allmählich. Es war weder Toms noch Beas Schuld, die taten nach ihrer Meinung ihr Bestes, doch jetzt wußte sie, daß sie nie so denken würde wie sie. Auch das war nicht ihre Schuld. Die beiden waren nun einmal so geartet und sie anders. Vertrautheit empfand sie nur gegenüber ihrer Nichte Judy, doch die drei jungen Leute der Familie schienen ihr Zuhause nur zum Schlafen und Essen aufzusuchen.

An dem Tag, an dem sie ihre Fahrprüfung bestand, kaufte sie sich ein Auto und kam darin, eine Handvoll Reiseprospekte neben sich, zurück nach Beechmount.

Über den Wagen ärgerte sich Bea.

»Du hättest wirklich warten sollen, daß dich Tom oder Denis beraten.«

Ellen betrachtete zufrieden ihr hübsches Auto.

»Aber das ist eine der besten Marken, sehr robust.«

»Darum geht es nicht!«

Jetzt merkte Ellen, daß es tatsächlich nicht darum ging. Versöhnlich meinte sie: »Weißt du, ich habe alles über Autos gelesen und sie mir auch im Vorführraum genau angesehen. Bei Kleidern ist das was anderes, Kleider hätte ich mir nie allein kaufen können, weil man dazu Geschmack braucht, und den habe ich offenbar nicht.«

Ihre zur Schau getragene Unabhängigkeit begann nicht nur Unwillen, sondern auch Bestürzung zu erregen. Bea schaute ganz entgeistert, als sie einen der Reiseprospekte vom Beifahrersitz nahm.

»Aber gutes Kind, du planst doch nicht etwa eine Reise nach Indien?«

»Ach, irgendwohin. Überallhin.«

»Dann finde ich es aber ziemlich töricht, daß du dir einen Wagen gekauft hast.«

Bea lachte ihr klirrendes freudloses kleines Lachen.

»Außer natürlich, du gedenkst am Steuer um die Welt zu gondeln.«

»O nein, das schaffe ich nicht so bald, und außerdem gibt's vielleicht gar keine Straßen an manchen Orten, zu denen ich will. Ich hab mir gedacht, ich fahre erst mal in Irland herum. Davon habe ich auch noch nicht viel gesehen.«

»Stimmt«, sagte Bea übellaunig, »da hättest du genügend zu sehen, bis du dich besser auskennst in der Welt außerhalb von Knockaulin. Offen gestanden bin ich auch beim Gedanken an deine Spritztour durch Irland nicht gerade begeistert, aber solange du im Lande bleibst, könntest du uns wenigstens immer zu Hilfe rufen, dann würde es für dich nicht ganz so schlimm.«

Am nächsten Tag verließ Ellen – zum ersten Mal allein – das Stadtgebiet. Sie fuhr nach Dunhaven.

Viertes Kapitel

Die Fordes hatten keine Probleme in Dunhaven. Ihr Quartier war durch Colonel Heskins Schwarzarbeiter und etwas gepfuschte Hilfe von Lewis und Jassy bald einigermaßen bewohnbar und der Laden mit allerlei Ramsch aus anderen Antiquitätenläden Corks ausgestattet und mit einigen wenigen guten Stücken, die ihm Glaubwürdigkeit verliehen.

Weil er das Glück gehabt hatte, gleich zu Beginn an die richtige Crew zu geraten, und darauf achtete, diesen Kontakt zu pflegen, war Lewis in der kleinen Stadt als seriöser Mann etabliert. Der Colonel und sein Kreis mochten anglo-irische Anachronismen sein, doch es waren unleugbar hochangesehene Leute, und durch seine Verbindung mit ihnen war auch er es.

Er fühlte sich sicher. Das Gefängnis hatte ihn doch mehr mitgenommen, als er erst dachte, und im Moment genügte ihm Sicherheit, um zufrieden zu sein. Zum ersten Mal seit vielen Jahren tickte sein kluger Kopf ganz leer, und er verbrachte die sonnigen Tage dieses Sommers mit faulem Nichtstun.

Er wußte, daß diese erzwungene Untätigkeit in dem rückständigen irischen Kaff für Jassy ärger war als für ihn – sie brauchte ja auch keine Erholung, doch sie machte fröhlich das Beste daraus und akzeptierte bereitwillig alles, was Dunhavens Hochsaison ihr bot. So wie die Dinge standen, brauchte sie nur zuzugreifen. Mit ihrer unwiderstehlichen Mischung aus Sinnlichkeit und Reserviertheit wirkte sie neben anderen Mädchen wie Neonlicht neben Kerzen. Er hatte den Verdacht, daß sie gelegentlich mit einigen ihrer sichtlich vernarrten Kavaliere schlief, doch vermied sie es mit ihrer unschätzbaren Diskretion, in Dunhaven irgendwie

Anstoß zu erregen, der etwa unerwünschte Aufmerksamkeit auf die Fordes hätte lenken können.

Lewis selbst hatte sich entschlossen, in Dunhaven unbeweibt zu bleiben. Je weniger Komplikationen, desto besser, und in seiner Altersgruppe waren naturgemäß meist nur Ehefrauen zu haben. Gelegentlichen Versuchungen konnte er mühelos widerstehen, und zwar mit dem Bedauern des Ehrenmannes, was niemand kränkte.

Was die beiden am lästigsten fanden, war die notwendige und unbeschreiblich langweilige Tarnung durch das Geschäft, in dem sie sich abwechselten, ohne daß es für einen von ihnen eine Abwechslung gewesen wäre. Obwohl sie, um das Warenlager nicht zu oft auffüllen zu müssen, so exorbitante Preise verlangten, wie es eben noch vertretbar war, wurde doch einiges gekauft, und erst heute morgen war Lewis einen Eierwärmer losgeworden. Der Käufer stoppte draußen, um einen Volvo überholen zu lassen. Dieser Volvo fuhr ein Stück weiter und dann im Rückwärtsgang wieder vors Haus.

Der Fahrer, eine Frau, parkte nicht sehr geschickt beim alten Lagerhaus. Lewis beobachtete sie müßig, weil er gerade nichts anderes zu tun hatte. Die Frau stieg aus und ging rasch auf die andere Straßenseite hinüber, verschwand, tauchte wieder auf und kam über die Straße. Vor dem »Alten Kuriositätenladen« blieb sie mit einem Ruck stehen und starrte ins Schaufenster.

Heute blühte ja das Geschäft!

Sie kam herein. Ohne rechte Absicht, nur aus alter Gewohnheit musterte Lewis sie, konstatierte als wichtigstes Merkmal, daß ihre täuschend einfachen Kleider preislich zum Wagen paßten. Sie war groß, aber nicht ungeschlacht, eher langgliedrig und bis auf ihre großen, verarbeiteten Hände gepflegt. Vielleicht eine

Hobbygärtnerin? Ihr Gesicht war schlicht, aber nicht unsympathisch. Seltsamerweise kam es ihm bekannt vor. Doch wenn er sie schon irgendwo einmal getroffen hätte, würde er es wohl kaum vergessen haben. Auch während er sich eisern vom »Geschäftemachen« fernhielt, konnte er doch sein Hirn nicht völlig ausschalten, und das registrierte jede Begegnung mit Menschen, aus denen sich Geld herausholen ließ.

»Die Tasse im Fenster«, sagte sie, »kann ich die bitte mal ansehn.«

Bei einer Frau, die so angezogen war, wunderte ihn die ungebildete Aussprache. Verwirrt stellte er die Tasse auf den Verkaufstisch. Sie untersuchte sie genau. »Ja, es ist die gleiche. Wir hatten mal so ein Fajangs-Geschirr, früher mal.«

Es war nicht nur die Aussprache, die den Ohren weh tat, auch die Ausdrucksweise hatte irgendwie die falsche Tonart, aber einen wunderlichen Charme, und die Stimme selbst war von angenehmem Timbre. Er sagte: »Das ist interessant. Diese hier ist sehr alt.«

»Ja, Tasse und Untertasse haben beide einen Sprung. Unser Geschirr ist längst kaputt.«

Ein offenes Lächeln erhellte ihr Gesicht, sie bekam strahlende Augen. Ihr Mund war groß, doch ihre Zähne waren fest, regelmäßig und weiß. Wie konnte er so ein Gesicht vergessen haben?

»Vielleicht wären wir vorsichtiger damit umgegangen, wenn wir gewußt hätten, daß jede Tasse fünfzehn Pfund wert ist.«

Nun lächelte auch Lewis.

»Wenn alle, die einmal ein ganzes Geschirr von dieser Art besaßen, nie etwas zerbrochen hätten, wäre die Tasse ja auch keine fünfzehn Pfund wert.«

Mit einem lustig gluckernden kleinen Lachen sagte sie: »Meinen Sie, daß sie es jetzt wert sind? Nun, ich nehme sie, weil Sie sie meinetwegen aus dem Schaufenster holen mußten.«

»Das verpflichtet Sie nicht im geringsten, sie zu kaufen. Ich hole dauernd Sachen aus dem Fenster für Interessenten, die sich dann oft nicht zum Kauf entschließen.«

Er bemühte sich, sie noch etwas aufzuhalten, um seine Neugier zu befriedigen.

»Vielleicht schauen Sie sich ein wenig um, ob Sie noch etwas interessiert. Selbstverständlich ohne Kaufzwang.«

»Eigentlich war es das Haus von außen, was mich interessiert hat, bis ich wegen der Tasse hereinkam. Dieses und das Nachbarhaus, das genauso ist. Sie sind so altmodisch, wie ich es nur auf Bildern gesehen habe.«

Auf Bildern! Damit hatte sie ihm plötzlich den Hinweis gegeben, der das Mißverhältnis zwischen Auto, Kleidung, Händen und Aussprache und einem gewissen biederen Wesen erklärte, obwohl sie ganz ungeniert wirkte. Er erinnerte sich, wie sehr ihn damals amüsiert hatte, welches Foto der stockkonservative ›Cork Examiner‹ für die Titelgeschichte gewählt hatte.

»Die ganze Stadt hat so etwas Altmodisches, aber diese Straße übertrifft alles. Man erwartet jeden Moment eine Sänfte vorbeikommen zu sehen.«

Sie warf einen Blick nach draußen.

»Übrigens – ich müßte wohl den Wagen wegfahren? Ich wollte eigentlich nur mal kurz auf- und abgehen. Die Gasse ist so schmal. Wahrscheinlich hätte ich gar nicht hereinfahren dürfen. Vielen Dank, daß Sie mir die Tasse gezeigt haben.«

»Hier kann man schlecht parken.« Sie war eine Ablenkung, und sie noch etwas länger zu beobachten versprach eine amüsante Viertelstunde, zumal sie anscheinend frei von der Leber weg redete.

»Ich stell meinen Wagen immer drüben im Lagerhaus ein. Wenn Sie hineinfahren, können Sie noch nach Belieben herumbummeln und Sänften vorbeitragen sehen. Ich schließe Ihnen auf.«

Er lächelte sein charmantestes Lächeln. Es tat seine Wirkung.

»Das wäre sehr freundlich von Ihnen. Aber was ist mit dem Geschäft?«

»Kein Problem. Meine Tochter ist ja da.«

Er rief zu Jassy hinauf, trat mit dieser O'Sullivan ins Freie und zog die Ladentür hinter sich ins Schloß.

»Jetzt klingelt es oben, wenn jemand die Tür öffnet. Wir machen uns hier das Leben so bequem wie möglich.«

Beim Überqueren der Straße sagte sie: »Ich heiße übrigens Ellen O'Sullivan.«

»Sehr erfreut, Miss O'Sullivan. Ich bin Lewis Forde.«

Vorsichtig ließ er die riesige Lagerhallentür – sie war mit rohen Brettern geflickt und drohte jeden Moment auseinanderzubrechen – auf ihrer Schiene seitwärts gleiten.

»Es ist ziemlich finster hier drin, außerdem liegen alle möglichen Maschinenteile herum. Soll ich Ihren Wagen nicht lieber hereinfahren?«

Es war ein schönes Gefühl, wieder einmal am Lenkrad eines anständigen Vehikels zu sitzen. Er fuhr den Volvo neben seinen alten rostigen Escort.

Obwohl er bereits beschlossen hatte, sie noch ein Weilchen aufzuhalten, sagte er, während er ihr die Autoschlüssel zurückgab: »Wenn Sie nachher fertig sind und noch mal zum Laden kommen möchten, kann ich Ihnen den Wagen auch wieder herausfahren. In diese Gasse kann man schlecht zurückstoßen.«

Damit überließ er es ihr, einfach wegzugehen. Hätte sie es getan, wäre er mit sich unzufrieden gewesen, doch sie blieb stehen und verstaute die Schlüssel ganz langsam in ihrer Handtasche.

Auch Pentonville hatte seine Gewandtheit nicht mindern können, trotzdem ließ er sie sich, wie eben jetzt, gern aufs neue bestätigen. Mit einem genau berechneten Anflug von Schüchternheit sagte er: »Falls es Sie interessiert, in das Pendant meines Hauses hineinzuschauen – in meinem wurde ganz deutlich Verschiedenes verändert, aber das andere ist noch so, wie es ursprünglich war. Man kann es besichtigen, weil es zu vermieten ist. Ich kann den Schlüssel beim Gemüsehändler an der Ecke bekommen.«

Sie willigte gern ein. Als sie nebeneinander hergingen, reichte ihre Schulter fast an die seine. Sie machte große Schritte. Man konnte sie sich vorstellen, barfuß, einen Schal um die Schultern, ein Bündel Torf auf dem Kopf (ob Frauen in Irland das taten?) – eine Gestalt ihrer heimatlichen Berge. Sie machte keine Konversation. Er empfand es auch nicht als notwendig. Es war ein erholsames Schweigen. Sie war ein erholsamer Typ.

Es war schwerer, als er in Erinnerung hatte, die Tür des kleinen Hauses zu öffnen. Er nahm an, daß nach ihm niemand hiergewesen war. Die muffige Feuchtigkeit wehte ihnen fast sichtbar entgegen. Er führte sie gleich ins hintere Zimmer, das seinem Wohnzimmer entsprach.

»Ah.«

Sonnenschein und Fröhlichkeit gaben ihrem schlichten Gesicht fast so etwas wie Schönheit.

»Die Straße draußen ist so düster, deshalb dachte ich, wie schade, daß ein solches Haus keine Sonne und keinen Blick aufs Meer hat.« Sie reckte den Hals. »Von hier aus sehe ich sogar das offene Wasser hinter dem Hafen. Es ist wirklich alles da.«

Sie sahen sich auch noch das übrige Haus an. Die Zimmer lagen auf ungleicher Höhe, und einige Fenster, in denen Scheiben fehlten, waren mit Hartplatten vernagelt. Einmal stolperte sie im Halbdunkel eine Stufe hinunter. Sekundenlang legte er ihr stützend den Arm um die Taille und empfand die Berührung als angenehm. Von der Diele aus ging er rasch wieder in das große, sonnige Zimmer.

»Ich glaubte, es findet eine Regatta statt.«

Es gab immer genügend Leute, die sich in Booten herumtrieben, um diese Lüge plausibel zu machen. »Von hier aus hätten wir einen fabelhaften Tribünenplatz.«

Sie trat neben ihn ans Fenster.

»Ach, die vielen hübschen Schiffchen, wie Spielzeug! Für mich ist das ganz neu, daß Menschen das Meer zum Spielen benutzen. Wo ich herkomme, war es für die Arbeit da, zum Fischen oder Tangsammeln. Und was das Schwimmen betrifft, so kam keiner außer mir je auf die Idee. Und ich eigentlich auch mehr, um sauber zu werden, als zum Vergnügen.«

Sie wandte sich vom Fenster ab. Es war undenkbar, sie gehen zu lassen, ehe er sie näher kennengelernt hatte.

Das Fensterbrett war niedrig und breit, aber mit einer dicken Staubschicht bedeckt.

Er legte die Leinenjacke ab, breitete sie darüber und sagte mit schwungvoller Verbeugung: »Statt einer Decke, Miss O'Sullivan.«

Sie setzte sich aufs Fensterbrett. Damit hatte er sie sich vermutlich so lange gesichert, als sie ihn noch interessierte.

»Sie müssen bedenken, daß diese Stadt von denen lebt, die sich auf dem Meer amüsieren möchten. Ich war früher begeisterter Hochseefischer – Hai und Speerfisch –, aber hier gehöre ich strikt zur arbeitenden Klasse. Auch im Antiquitätenhandel bin ich noch ein rechter Amateur, wissen Sie, und wenn man es darin zu etwas bringen will, ist es eine Ganztagsbeschäftigung.«

»Sie sind wohl Engländer?«

»Ursprünglich ja. Eigentlich bin ich alter Afrikaner.«

Er begann seine Geschichte voller Schwung, weil er hoffte, es würde sie dazu bringen, ihm die ihre zu erzählen. Er berichtete beiläufig und humorvoll, doch das Anrührende des alleinstehenden Mannes mit mutterloser Tochter, der tapfer gegen das Mißgeschick ankämpfte, mußte jedes Frauenherz erschüttern. Am Schluß zuckte er resigniert die Achseln. »Ich glaube, es dauert noch eine ganze Weile, bis ich mich überall außerhalb von Afrika nicht mehr wie ein Fremder fühle.«

Sehr erschüttert wirkte sie nicht. Abwesend murmelte sie: »Die vielen Löwen und Tiger.«

Dann lachte sie wieder das kleine Gluckerlachen, das ihm so gut gefiel.

»Ich bin alte Knockaulinerin und fern davon auch eine Fremde. Nur daß man mich nicht von dort vertrieben, sondern weggelockt hat.«

Sie erzählte ihm, was er schon wußte, sprach dann über ihr Leben in Knockaulin und ihren derzeitigen Aufenthalt in Cork.

»Dort bin ich der weiße Rabe. Vielleicht wäre ich das überall, aber außerhalb Cork stört das weder mich noch sonst wen.«

Sie sah ihn nachdenklich an.

»Es gibt aber noch einen Unterschied zwischen uns. Sie kommen sich vielleicht fremd vor, aber ich glaube nicht, daß Sie irgendwo lange fremd bleiben. Selbst in Knockaulin, wo die Clanwirtschaft sehr stark ist, würde man bald vergessen, daß Sie Engländer und Fremder sind, würde sich mit Ihnen in der Kneipe über einem Glas zusammensetzen und Ihnen sein Herz ausschütten – wie ich eben.«

Sein ehrliches Gesicht hatte schon manche dazu gebracht, ihm ihr Herz auszuschütten, um es später zu bereuen, aber jetzt, während seines zeitweiligen Ruhestandes, konnte Ellens Offenheit ihr nicht schaden. Sie war weder dreist noch geziert, aber sichtlich in seinem Bann. Und es sah fast so aus, als gelte das auch umgekehrt.

An sich war sie nicht der Typ Frau, die er ein zweites Mal angesehen oder ohne Grund angesprochen hätte. Doch er hatte nicht den Wunsch, ihre Unterhaltung zu beenden. Er hatte sich bequem auf den Fußboden gestreckt, den Rücken an der Wand. Sie saß seitwärts auf der Fensterbank. Sie hatte schöne Beine. Die lange, grazile Linie vom Knöchel bis zur Taille zeigte gute Rasse. Der Hals hob sich fest aus den etwas zu muskulösen Schultern.

Auf seine liebenswürdig-träge Art sagte er: »Miss O'Sullivan, meiner Meinung nach sind sich Menschen, die ihre Lebensgeschichten ausgetauscht haben, nicht mehr fremd.«

»Es ist gar keine Regatta, nicht wahr?« sagte sie. »Nun ja, in Knockaulin hätten mich auch nur wirklich Fremde mit ›Miss‹ angeredet.«

Eine Stunde später stand sie auf.

»Ich muß fort, Lewis, sonst denkt Bea, ich hätte den Wagen und mich bereits zu Schrott gefahren.«

Widerstrebend erhob er sich. Er hatte noch nie ohne die nötigen Vorbehalte so frei mit jemand gesprochen außer mit Jassy. Ellen O'Sullivan mochte vollkommen unerfahren sein und sich alles selber beigebracht haben, doch sie wußte vieles, war intelligent und hatte vielerlei Interessen. Außerdem hatte sie einen ausgeprägten Sinn für Humor.

»Müssen Sie wirklich? Wir haben noch ein paar weltbewegende Probleme nicht gelöst.«

»Ach, arme Welt! Sie wird versuchen müssen, sie

selber zu lösen.« Sie sah angeregt und glücklich aus. »Ich habe gar nicht gewußt, daß ich derartig reden kann. Das kommt daher, daß ich noch nie vor einem Menschen all meine Gedanken aussprechen konnte. Und wenn Ihre Ideen auf meine Ideen prallten, war es wie bei zwei Flintsteinen: die Funken sprühten. Deshalb kamen mir alle möglichen Ideen, von denen ich nicht wußte, daß ich sie überhaupt habe. Für Sie ist das gewiß nichts Ungewöhnliches, Sie treffen sicher viele Leute Ihrer Art. Deshalb können Sie sich nur schwer vorstellen, wie aufregend das für mich ist. Es ist das Hübscheste, was mir seit langem begegnet ist.«

»Ich habe auch lange nicht mehr so geredet.«

»Ach ja? Ich hab oft gelesen, daß –«, sie stockte – »daß Freundschaften ganz plötzlich entstehen können. Ich wußte nicht, ob es wahr ist.«

Beim Hinausgehen sagte sie noch: »Dieses Haus gefällt mir.« Und als er den Volvo für sie auf die Straße hinausfuhr, sagte sie: »Ich glaube, ich kaufe es.«

Er hatte natürlich gewußt, daß sie wiederkommen würde. Aber wie stand es mit seinem Interesse an ihr? War es nur der Reiz des Neuen? Auch wenn das verblaßte, wäre es immer noch angenehm, eine wohlwollende Nachbarin zu haben, solange er noch in Dunhaven blieb. Sehr lange würde es nicht mehr sein. Man durfte nicht aus übertriebener Vorsicht einrosten.

»Und mit der Möblierung fange ich jetzt gleich an, indem ich Ihnen die Tasse abkaufe.«

»Die ist unverkäuflich. Die schenke ich Ihnen zum Einzug.«

»Daran sieht man deutlich, daß Sie Amateur sind.«

Auf die Ladenklingel hin kam Jassy herunter. Sie machte höfliche Konversation mit Ellen, während Lewis die Tasse einpackte. Als Ellen gegangen war, krauste Jassy die Nase, und ihre Augen tanzten und funkelten.

»Los, los, erzähl sofort, warum du den ganzen Nachmittag mit diesem athletischen Frauenzimmer verbracht hast.«

»Wenn man sie näher kennenlernt, ist sie nett.«

Jetzt lachte Jassy schallend. Noch während er seine schlanke, feingliedrige Tochter ansah und ihre erfrischend klare, kühle Stimme hörte, begann Lewis sich zu fragen, welcher Irrwitz ihn hatte glauben lassen, die letzten Stunden mit einer verwandten Seele verbracht zu haben.

»Eigentlich war ich nur neugierig. Hast du sie nicht erkannt?«

»Nein. Hätte ich sollen?«

»Erinnerst du dich an das Foto, über das wir uns so amüsiert haben, das Foto von der Frau, die die Kuh melkt?«

»Ach so, die.« Jassy wurde nachdenklich. »Ach so. Wirklich. Ich verstehe. Und die wird möglicherweise unsere Nachbarin?«

Fast ärgerlich sagte er: »Seit wann lege ich es darauf an, alleinstehende Frauen auszubeuten?«

Er verdiente seinen Unterhalt damit, Interessengemeinschaften zwischen Geldgierigen zu organisieren, deren Geiz größer war als ihre Vorsicht, was ihn gegen Reue, Mitleid, ja sogar Schwächung seiner Selbstachtung immun machte. »Davon abgesehen weißt du genau, daß ich erst wieder was anfange, wenn wir diese Inseln hinter uns haben.«

»Entschuldige, aber du wirst zugeben, wenn es nicht zu einem praktischen Zweck war, hast du ungewöhnlich viel Zeit investiert.« Langsamer setzte sie hinzu: »Ich finde immer – wenn einem etwas so auf dem Präsentierteller gereicht wird, wäre es schade, es abzulehnen.«

Der Volvo war fort. Die Straße war leer, sehr leer. In einem ungewohnten Anfall von Gereiztheit sagte Lewis kurz: »Ich habe mich gelangweilt, das ist alles. Ich fange an, mich hier zu langweilen.«

Er blieb stehen. Es war undenkbar, daß zwischen ihm und Jassy auch nur der Schatten einer Meinungsverschiedenheit blieb. Zum Teufel mit der fremden Frau.

»Du warst die ganze Zeit so geduldig, Kumpel! Es wird allmählich Zeit, daß wir aufhören, uns in diesem Loch zu verstecken, und in die Zivilisation zurückkehren.«

Fünftes Kapitel

Sobald Ellen aus Dunhaven heraus war, fuhr sie auf den erstbesten Parkplatz. Sie mußte über vieles nachdenken, ehe sie nach Cork zurückkehrte.

Sie war beinahe sicher, sich verliebt zu haben. So jedenfalls hatte sie sich noch nie gefühlt. Es war ein sehr merkwürdiges Gefühl, und nichts in ihrem Leben oder in der Literatur hatte sie darauf vorbereitet. Sie selbst hätte es nicht schildern können. Eines aber wußte sie, es war nicht so, daß sie glaubte, den Menschen gefunden zu haben, mit dem sie die Welt teilen konnte. Sie glaubte, den Menschen gefunden zu haben, der die Welt *war.*

Ich gefalle ihm, dachte sie, ich gefalle ihm gut. Als er mich beim Stolpern stützte, kann es nur deswegen so schön für mich gewesen sein, weil es auch für ihn schön war. Und als wir zusammen in dem Zimmer saßen, wollte er mich bestimmt so gern berühren wie ich ihn. Wir haben uns so ungezwungen unterhalten, daß keiner von uns merkte, wie die Stunden vergingen.

Vielleicht ist es ihm ergangen wie mir. Es wäre möglich. Ich bin kein junges, hübsches Mädchen, und doch wollte er mit mir zusammen sein, das macht es um so wahrscheinlicher. Wie sonderbar, daß mir das so spät im Leben passiert.

Die Flut kam und drängte sich den Fluß hinauf. Eine Reihe Möwen sonnte sich am jenseitigen Ufer unter den Espenbäumen. Goldenes Wasser, silberne Vögel, grüne, jadebehängte Zweige. Es mußte die Liebe sein, die alles vergoldete, alles in Schönheit tauchte, das ungewohnte Gefühl weckte, dazuzugehören und zugleich Fluß, Möwen und Espen zu sein.

Auf den ersten Blick war Liebe vielleicht nur Einbildung. Eine Liebe aber, die Tag für Tag weitergeht, konnte beweisen, echt zu sein. Wenn sie echt war, war es unsinnig, sie wieder aufs Spiel zu setzen. Lewis Forde und sie mußten Gelegenheit haben, herauszufinden, ob sie echt war.

Sie würde das Haus kaufen.

Einen Nachmittag lang mit dem Auto zu einem Ort zu fahren, an dem man noch nie war, besonders wenn man die Halbinsel der Grafschaft Cork nie verlassen hat, und dann zu beschließen, sich dort niederzulassen, war genau die Art von Verrücktheit, mit der Bea bei Ellen immer angstvoll gerechnet hatte.

Anfangs war sie zu verblüfft, um etwas zu äußern, und das war ein Glück, denn es ließ ihr Zeit, sich zu überlegen, daß das wesentlich besser war, als in einer Haudah um den Tadsch Mahal herumzugondeln. Sie rief sofort Tom an, um ihn zu warnen, nur ja nicht dagegen zu sein.

Auch Tom war verblüfft, er atmete am Telefon ein paarmal tief.

»Diese zwanghafte Kauferei wird allmählich beängstigend. Hundertfünfzigtausend sind zwar ein hübsches Sümmchen, aber doch kein unbegrenztes Vermögen. Ich frage mich allmählich, ob Ellen sich darüber klar ist.«

»Zur Aufregung ist immer noch Zeit, wenn sie anfängt, sich Nerzmäntel und Brillanten zu kaufen. Wohnen muß sie schließlich irgendwo, und Dunhaven wäre ideal. Sie ist dann nahe genug, daß wir ein Auge auf sie haben können, und weit genug weg, um – nun ja, weit genug weg.«

Tom war gut vorbereitet, er fuhr Bea und Ellen am nächsten Tag zur Besichtigung des Hauses. Als Ellen sie in eine enge, sonnenlose Gasse dirigierte und vor einer völlig verfallenen Ruine neben einem schäbigen

Trödelladen halten ließ, hatte Bea größte Mühe, ihre Zunge im Zaum zu halten. Häuser, in denen man wohnen konnte, mochten in Dunhaven durchaus ihren Preis haben, dieses Ding aber konnte sich nur ein Trottel aussuchen. Sie schluckte und sagte: »Sehr originelles Haus.«

Beim Aussteigen versetzte sie Tom einen Rippenstoß. Er sagte munter: »Stimmt, aber wo wir jetzt alle zusammen sind, könnten wir uns noch andere Häuser anschauen, die zum Verkauf stehen, meinst du nicht, Ellen? Ich finde eine gewisse Auswahl immer gut, nicht?«

»Ich bin in ganz Dunhaven herumgestreunt«, sagte Ellen, »und dies Haus hat mir gefallen.«

Manchmal hätte Bea über die Bockbeinigkeit dieses Geschöpfs schreien können. Heimlich grimassierte sie mit gefletschten Zähnen zu Tom hinüber und tat dann ostentativ, als prüfe sie den elenden Schuppen genau.

»Na ja, da muß viel renoviert werden, das schon.« Wie überrascht sagte sie dann: »Wohlgemerkt, es läßt sich was daraus machen.«

»Nach hinten hinaus ist eine schöne Aussicht«, sagte Ellen. »Ich hol uns mal die Schlüssel.«

Kaum war sie fort, sagte Bea, die noch immer auf das Haus erpicht war, scharf: »Du bist wirklich ein Idiot. Sie ist drauf und dran, sich irgendwo niederzulassen und zur Ruhe zu kommen, und du fängst wieder an, sie zu verunsichern. Merkst du nicht, daß es gar nicht Dunhaven ist, was ihr gefällt, sondern dieses Hexenhäuschen?«

»Aber um Gottes willen, hier ist doch der reinste Slum.«

Widerstrebend löste Bea den Blick vom Haus und folgte Toms weit ausholender Bewegung, mit der er das alles abtat. Zugegeben, die Umgebung war entsetzlich. Abgesehen von dem schäbigen Trödelladen deuteten schmuddelige Spitzenstores in den nahegelegenen trostlosen Mietshäusern darauf hin, daß auch diese Löcher bewohnt waren.

»Zu dieser Nachbarschaft kann man Ellen ja nur gratulieren«, sagte Tom bissig und zeigte auf das Allerentsetzlichste, die riesige kahle Lagerhalle, die wie ein verirrter Felsklotz alles überschattete. »Ich weiß nicht, was in sie gefahren ist, daß sie sich vorstellt, hier könne man leben. Wir müssen sie einfach hinhalten, bis sie wieder zur Vernunft kommt.«

»Was in sie gefahren ist, weiß ich auch nicht. Sie hat keine Spur von Geschmack, das kann es also nicht sein, aber in jedem anderen Land stünde dieses Haus unter Denkmalschutz.«

Tom konnte sich nicht mehr dazu äußern, nur ein entsprechendes Gesicht ziehen, denn eben kam Ellen wieder angetrottet.

Als sie dann im Hause waren, kam Bea in Fahrt: »Ich hätte nie gedacht, daß nach hinten hinaus eine so wundervolle Aussicht ist, mit so viel Licht und Luft, und außerdem noch ein so großer Garten. Ellen, ich glaube, du könntest hier Flügelfenster einsetzen lassen. Selbstverständlich müßte die Straßenfront unbedingt bleiben wie sie ist, die ist einzig.«

»Nein, Bea. Das Nachbarhaus ist genauso.«

Bea lachte ihr klingelndes Lachen.

»Immer nimmst du alles wörtlich. Sicher, ursprünglich wohl. Schade, daß es nicht in den richtigen Händen ist. Du meine Güte, mich juckt es in den Fingern, hier alles in die Hand zu nehmen. Die verschieden hohen Fußböden und die ulkigen kleinen Korridore und die Stufen – phantastisch! Wir müssen sehen, daß wir die Geschichte des Hauses bekommen. Jedenfalls achtzehntes Jahrhundert.«

Sie wurde immer lebhafter und kratzte an den Farbblasen auf dem Holzwerk.

»Ich glaube wirklich, die Vertäfelung ist Eiche! Ein unglaublicher Glücksfall, daß fast alle Deckenleisten intakt sind.« Sie übersah Tom, der pflichtgemäß herumstapfte und alles auf Schwamm oder Holzwurm oder dergleichen untersuchte.

»Ellen, dies Haus wird ein Juwel!«

Wieder ignorierte sie Toms vorwurfsvollen Blick.

»Natürlich werden wir einen Fachmann brauchen und bei der Möblierung ganz, ganz behutsam vorgehen müssen.«

»Ja, Bea, wie du meinst. Aber ich möchte so bald wie möglich damit fertig sein. Bitte.«

Natürlich, das war wieder mal das einzige, was dieser Trampel wollte! Im Geiste sah Bea in den leeren Räumen schon Farben, Stoffe, die Patina von altem Holz und Silber und draußen, vor den bleigefaßten Scheiben, den einstigen Zauber der Dachtraufen und Türnischen wiederhergestellt.

Auf der Heimfahrt war Tom ungewöhnlich schweigsam. Abends zankte er Bea aus.

»Hätte ich gewußt, daß du Ellen so dringend los sein willst, hätten Alice und ich sie dir gern abgenommen! Ihr zuzureden, diesen baufälligen Trümmerhaufen zu kaufen, war absolut unverzeihlich!«

Die Zwillinge hatten einander immer unterstützt, und selbst ihre Kinderstreitereien waren nebensächlich gewesen. Und jetzt griff Tom sie plötzlich an wie einen Feind. Beas Gefühle Ellen gegenüber waren immer negativ gewesen – Mangel an Zuneigung wegen ihrer unvereinbaren Naturen –, aber jetzt wandelte sich dieses Nichtmögen zu echter Abneigung.

»Seit wann hat meine Meinung irgendwelchen Einfluß auf Ellen? Oder meinetwegen auch deine? Gut, ich gebe zu, ich werde aufatmen, wenn sie mir nicht mehr dauernd um die Füße läuft, aber was das Haus betrifft, Tom, habe ich wirklich jedes Wort ernst gemeint.«

»Wie du willst! Meiner spießigen Meinung nach ist es ein gottverdammtes altes Wrack in gespenstischer Umgebung.«

»Und wenn mir einmal einer deiner Patienten wie ein gottverdammtes altes Wrack vorkäme, würdest du dir trotzdem Mühe mit ihm geben, stimmt's? Und wenn du Erfolg hättest, gäbe dir das ein Gefühl der Befriedigung, stimmt's? Genau das suche ich. De facto wird Ellen Inhaberin des Hauses sein, aber ich werde etwas daraus machen, nämlich mein Schaustück für die Welt.« Sie zog eine Grimasse. »Wirklich ein bescheidener Ehrgeiz! Früher hätte ich über so etwas gelacht.«

»Ich verstehe. Ja.« Er rutschte unruhig in seinem Sessel herum. »Ellen würde so oder so ihren Kopf durchgesetzt haben, ob du sie nun daran gehindert hättest oder nicht. Entschuldige, daß ich dich angeknurrt habe.«

Jetzt war er wieder ihr getreuer Zwilling, dem ihr Wohl am Herzen lag und nicht das der verschrobenen Schwester.

»Also geh hin und spiel mit deinem Puppenhaus. Warum auch nicht? Nur, Bea, siehst du die Dinge auch noch in der rechten Proportion? Du bist eine vielbeschäftigte, sehr tätige Frau, dein Leben ist ausgefüllt. Du bist doch wohl die letzte, die Minderwertigkeitsgefühle haben muß. Es paßt auch gar nicht zu dir, deprimiert zu sein. Gibt es Gründe dafür, daß du den Kopf hängen läßt? Dann sag sie mir!«

»Danke, Herr Doktor, mir geht's ausgezeichnet. Es ist mir vollkommen klar, daß es gleich hinter dem eigenen Erfolg kommt, die Frau eines erfolgreichen Mannes zu sein, ein prächtiges Zweitbestes. Nur gestatte ich mir hin und wieder Anfälle von Selbstmitleid, daß ich ein recht brauchbares Hirn habe atrophieren lassen.«

»Na ja, solange dir sonst nichts fehlt. Wir haben alle unsere brachliegenden Territorien, Bea.«

Zwei Wochen lang beherrschte sich Ellen, nicht nach Dunhaven hineinzufahren. Jeden Morgen beim Aufwachen fiel ihr ein, daß Lewis Forde auf der Welt war, deswegen erwachte sie immer mit einem Lächeln. Fiel er ihr im Lauf des Tages ein, erschien unwillkürlich dieses Lächeln wieder auf ihrem Gesicht, auch in den ungeeignetsten Augenblicken, so daß es Menschen verwirrte, die zufällig bei ihr waren.

Nach Ablauf dieser zwei Wochen hatte Denis Coleman, angespornt durch Bea, den Kauf des Hauses perfekt gemacht. Er übergab Ellen feierlich die Urkunden, nahm sie zur Sicherheit sofort wieder in Verwahrung und teilte ihr mit, daß die Pläne und Kostenvoranschläge vorlägen und die Arbeiter seit heute morgen am Werk seien.

»Mit den überstürzten Präliminarien und jetzt auch noch Doppelschichten und Überstunden wird das Haus dich eine hübsche Stange Geld kosten, meine Liebe.«

»Aber es ist eine Kapitalanlage«, sagte Bea.

Und das stimmte. Ellen fuhr sofort nach Dunhaven.

Rings um die Nummer Sieben war viel Lärm und Betrieb. Im »Alten Kuriositätenladen« war niemand. Sie öffnete und schloß mehrmals die Tür und versuchte Lewis durch das Glockenspiel herbeizurufen. Sie hoffte, Lewis würde kommen und nicht Jassy.

Er kam auch. Er kam mit leichtem Stirnrunzeln für einen überungeduldigen Kunden, und nun war er es, dessen Gesicht sich zu einem Lächeln verklärte. Dieses Lächeln sagte ihr, was sie wissen wollte.

»Ellen? Ich dachte schon, ich würde Sie nie wiedersehen.«

Es war schwer zu glauben, daß dies erst ihre zweite Begegnung war und daß sie ihn nicht schon immer gekannt hatte.

»Ich habe gewartet, bis ich Ihnen sagen konnte: Ich habe Nummer Sieben gekauft.«

»Sie, Ellen? Wir wußten natürlich, daß das Haus verkauft ist, aber ich bildete mir ein, wenn Sie der Käufer wären, hätte ich inzwischen von Ihnen gehört. Das ist ja eine wunderbare Nachricht.«

»Verzeihen Sie, aber ich dachte mir einen dramatischen Auftritt so hübsch.« (Und auch, daß nach einer Unterbrechung von zwei Wochen sofort bewiesen wäre, was ich wissen wollte. War es ja auch, dachte sie, aber dadurch habe ich zwei Wochen mit ihm verloren.) »Sie sehen es mir vielleicht nicht an, aber ich tue gern etwas Kindisches.«

»Es ist lange her, daß ich mir einen derartigen Luxus gestatten konnte.« Der Schatten auf seinem Gesicht verschwand so rasch, wie er gekommen war. »Ich mag es, wenn Menschen Kindisches tun. Und ich wußte, daß Sie so was fertigbringen.«

»Keine Angst, sehr oft kommt es nicht vor.«

»Natürlich nicht. Gerade oft genug, um Ihr vernünftiges Wesen damit zu würzen.«

Törichte Reden. Es stimmte also, was sie in Biographien selbst tiefer, ernster Denker gelesen hatte, daß alle Liebenden Törichtes reden. Sie hatte nicht einmal gewußt, daß sie dazu fähig war.

Der Lärm in Nummer Sieben war pausenlos, aber gedämpft weitergegangen. Jetzt erschütterten schwere Schläge die Trennwand. Von einer grob zugegipsten Stelle in einer Ecke begannen Flocken trockener Farbe herabzuschneien. Ein kleiner Schauer traf Jassy, die aus dem anderen Haus herüberkam. Sie neigte den Kopf, um die Haare zu schütteln, und rief: »Wie lange wird dieser Höllenkrach denn noch weitergehen?« Dann sah sie Ellen, und ihre mürrische Miene verwandelte sich in ein strahlendes Lächeln. »Oh, hallo, Miss O'Sullivan! Sieht so aus, als sollten wir alle Schneemänner werden.«

»Es ist Ellen, von der dieser böse Zauber ausgeht«, sagte Lewis. »Sie ist nämlich die neue Besitzerin von Nummer Sieben.«

»Ach, wie wundervoll, Ellen.« Schüchtern fragte sie: »Ich darf doch bitte auch Ellen sagen?«

Es war charmant gemacht, und doch schien es Ellen, als kleide gerade Schüchternheit Jassy höchst sonderbar. Das Mädchen glich dem Vater nicht, die Mutter mußte eine Schönheit gewesen sein. Ellen fühlte plötzlich einen Stich, nur ganz schwach. In ihrer Jugend hatte sie oft gedacht, wie nett es doch wäre, ein hübsches Gesicht zu haben. Doch damals hatte sie es für sich gewollt, jetzt wollte sie es für Lewis haben. Dann gab sie leichten Herzens den Wunsch nach etwas so Unsinnigem auf. Schließlich liebte er das Gesicht, das sie hatte.

»Ja bitte, Jassy.« Das Gepolter ging weiter, doch es regnete wenigstens keine weißen Flocken mehr. »Tut mir leid, daß es für Sie beide so ungemütlich ist. Und dann auch noch Doppelschichten und Überstunden!« (Es war besser, sie wußten gleich das Allerschlimmste.) »Aber wenn es dunkel wird, müssen die Leute ja aufhören.«

»Außer es sind Kobolde. Aber um uns machen Sie sich keine Sorgen. Wir finden, es ist der Mühe wert, nicht wahr, Dad. Wenn man schon die eine Hälfte von Siamesischen Zwillingen ist, kommt es sehr darauf an, wer die andere Hälfte ist.«

»Es kommt so sehr drauf an«, sagte Lewis, »daß ich finde, ich sollte Ihren Ankauf von Nummer Sieben so feiern wie Sie, Ellen. An diesem wunderschönen, sonnigen Tag schlage ich vor, daß wir picknicken, statt im Hotel zu Mittag zu essen.«

Er kaufte Geflügelsalat und Brötchen und Weißwein, und sie fuhren im Volvo zu einer Landspitze sieben Kilometer außerhalb von Dunhaven. Dort aßen sie, schwatzten und vertrödelten den Nachmittag. Sie bauten weiter auf den bereits gelegten Fundamenten.

Von nun an fuhr Ellen mehrmals die Woche nach Dunhaven. Ihr eifriges Beobachten der Baufortschritte ermutigte Bea zu der Annahme, daß sie sich tatsächlich dort niederlassen würde wie ein vernünftiger Mensch.

»Das Zusammensein mit ordentlichen Leuten wird sie mit der Zeit schon umgänglicher machen«, sagte sie zuversichtlich zu Tom. »Sogar ihre Aussprache wird sich bessern. Für den Anfang müssen wir da ein paar Kontakte für sie einfädeln. Ich glaube, die O'Briens haben Vettern in Dunhaven, und ich weiß, daß eine alte Tante von den Mahers dort wohnt – falls sie noch lebt.«

»So furchtbar aufregend klingt das aber nicht«, meinte er zweifelnd.

»Furchtbar aufregend ist ja Ellen auch nicht. Ich glaube, das ganze Theater, das sie in der ersten Begeisterung über das viele Geld aufgeführt hat, können wir vergessen. Überleg doch mal: erst erzählt sie uns, sie gedenkt in Gegenden vorzustoßen, die noch keines Menschen Fuß betreten hat, und was tut sie? Sie fährt vierzehn Meilen weit und bleibt dort. Na, Gott sei Dank!«

»Vielleicht hast du recht.«

»Sie könnte in Dunhaven sehr nett leben. Im Sommer ist es ein lebhafter kleiner Ort, und selbstverständlich kann sie immer auf Urlaub fahren, wenn sie mal Abwechslung braucht – zu den Kanarischen Inseln oder nach Griechenland. Um sich zu beschäftigen hat sie ihr schönes Haus und ihren Garten, außerdem gibt es den Club Irischer Landfrauen, den Bridgeclub und –«

»Bea! Wir sprechen von Ellen!«

»Wieso? Soll sie was anderes sein als jedes berufslose alte Mädchen?«

Sie verließ Tom eilig. Sie hatte auf dem Weg nach Dunhaven nur bei ihm hereinschauen wollen, und während der ganzen Fahrt kochte sie innerlich vor Zorn über die Ansicht, daß diese Transuse etwas Besonderes sein sollte. Ihre schlechte Laune verflog, als sie Nummer Sieben erreichte.

Beim ersten Besuch hatte sie Ellen mitgenommen, jetzt kam sie nur an den Tagen, an denen Ellen daheimblieb. Sie ging allein auf die Auktionen und jagte unermüdlich nach Perfektion. Sie hätte es nicht ausgehalten, Ellen immer hinter sich herzuzerren, der an dem exquisiten Häuschen und seiner Einrichtung nur eines wichtig war: daß es bald fertig wurde. Die immer nur sagte: »Ja, Bea!« und »Wie du meinst, Bea«. Immerhin, sie sagte wenigstens ja und unterschrieb ohne Murren die Schecks, darunter einige sehr hohe. Aber eine Kapitalanlage war es wirklich.

Die Arbeit ging gut voran. Sie sprach liebenswürdig mit den Handwerkern. (Ellen hatte natürlich überhaupt keine Erfahrung mit Angestellten und wie man sie behandelte, man mußte sie daran hindern, durch ungeduldiges Drängen die ganze Geschichte zum Stillstand zu bringen. Wie Bea erfuhr, tat sie ohnehin in Dunhaven offenbar nichts anderes, als ins Haus hineinzuschauen und wieder wegzugehen, und war klug genug, keine Vorschläge zu machen.) Mit samtbehandschuhtem Takt sagte Bea, sie würde so gern einen hübscheren Griff für die Badezimmertür suchen, fände sie aber keinen, wäre der bereits angebrachte Knauf auch ganz gut. Als ob jemand mit nur einem Hauch von Geschmack sich mit einem weißen Porzellanknauf zufrieden gäbe!

Beim Verlassen des Hauses fiel ihr ein, daß sie vielleicht im Nachbarhaus nach dem Knauf fragen könnte, da sie schon einmal nebenan war. Gerade so etwas fand man vielleicht in einem Schrotthaufen unter alten Bügeleisen, Nadelkissen und Glaskugeln von Fischernetzen. Über das Geschäft wußte sie nur, daß es einem Engländer mit Tochter gehörte, und nach dem Zustand des Ladens und dem von Mr. Fordes Wagen drüben im Lagerhaus zu urteilen, warf es keine Reichtümer ab.

Im Laden war die Tochter. Sie war eines der hübschesten Mädchen, das Bea je gesehen hatte, mit einer kühlen, selbstbewußten Art und der dazu passenden kühlen, klaren Stimme. Sie war viel zu kühl und zu selbstbewußt für ihr Alter. Bea fand sie unsympathisch. Sie sagte kurz, sie suche einen Türknauf aus dem achtzehnten Jahrhundert für ein Bad, etwas Handgemaltes, vielleicht mit Blumenmuster.

»Kann sein, daß hier irgendwo Türgriffe sind.« Das Mädchen blickte sich flüchtig um. »Vorausgesetzt, daß ich sie finde.«

Bea wartete schweigend darauf, daß sie suchte. Schließlich setzte sie sich in Bewegung und fing an, in einer Pappschachtel zu kramen.

»Nein, das sind offenbar alles Klopfer.«

Dann kam der Vater herein. Das Mädchen sagte: »Die Dame möchte einen handgemalten Türknauf mit Blumenmuster, achtzehntes Jahrhundert.« Die wiedergegebene Präzision gab dem Verlangen etwas Ausgefallenes.

Mit einem ironischen Lächeln zu Bea hin sagte der Vater: »In dem Durcheinander hier könnte alles und jedes sein, aber nicht griffbereit. Ich fürchte, wir sind schrecklich unordentlich.«

Bei Leuten wie diesen Fordes mit ihren kultivierten Stimmen und ihrer unbewußten Überlegenheit kam Bea sich immer minderwertig vor, obwohl sie sich dafür verachtete. Im Grunde wußte sie, daß sie genauso gut, ja besser war als die meisten.

Dieser Forde hatte den Charme englischer Internatserziehung, den kein Ire je ganz erreicht, und auch Bea wäre ihm erlegen, wäre er nicht an diesem Vormittag bereits der zweite Mensch von dieser Sorte gewesen, die nur zu genau wußten, daß sie was Besseres waren. Wie jedesmal ertappte sie sich dabei, daß sie nun besonders sorgfältig auf ihre Manieren und ihre Aussprache achtete, und wurde sich dadurch noch verächtlicher.

Der »Alte Kuriositätenladen« führte nur Plunder. Sie ging anschließend noch in vier weitere Altwarengeschäfte, ohne das zu bekommen, was sie suchte, erfuhr dabei aber so ziemlich alles, was über die Fordes bekannt war. Mr. Forde war erst vor kurzem nach Dunhaven gekommen, aus London oder auch aus Afrika. Sein Antiquitätenladen schien nur ein Hobby zu sein, denn von dem konnte man unmöglich leben, und er hatte Freunde in den ersten Kreisen. Der urteilslose Snobismus dieser letzten Bemerkung machte Bea wütend. Sie hatte weiß Gott keine Lust, sich an die Frackschöße der sogenannten Gesellschaft zu hängen, aber es ärgerte sie doch, daß diese hereingeschneiten Fordes automatisch dort erfolgreich waren, wo es einer Mrs. Denis Coleman auf Beechmount nicht so leichtfiel.

Zu Ellen sagte sie: »Du, die Leute nebenan gefallen mir aber nicht besonders.«

Nach kurzem Schweigen fragte Ellen: »Warum denn nicht, Bea?«

Nicht einmal vor sich selbst hätte Bea sich die Gründe für ihre Feindseligkeit eingestanden.

»Ach, ich hab nichts gegen sie, ich hab nur die Erfahrung gemacht, daß man bei Leuten mit undurchsichtiger Vergangenheit nicht vorsichtig genug sein kann. Natürlich mußt du höflich sein, wenn du sie zufällig triffst, aber weiter würde ich an deiner Stelle nicht gehen.«

Das Absurde, Ellen vor größerer Vertraulichkeit mit Leuten zu warnen, die mit einer solchen Nachbarin sowieso nie über den Grüßfuß hinauskommen würden, überwältigte Bea plötzlich. Sie wußte, daß der Mann und das unverschämte junge Ding unweigerlich auf ihre Schwester herabblicken würden, und das machte sie unvorsichtig.

»Manche Leute sind bereit, jeden schrägen Vogel zu akzeptieren, aber diese Fordes machen mir den Eindruck von Abenteurern. Sie scheinen nicht das Geringste von ihrem angeblichen Geschäft zu verstehen.«

»Mir kann es gleich sein«, sagte Ellen. »Weil ich sowieso keine Antiquitäten bei ihnen kaufen werde.«

Drei Tage, nachdem die grundlegenden Arbeiten an Nummer Sieben beendet waren, zog Ellen ein. Nach den Wochen in Beechmount war es wundervoll, ins eigene Haus zu treten und die Tür hinter sich zuzumachen.

Drinnen wartete der Sonnenschein, sie willkommen zu heißen, so wie an ihrem ersten Tag mit Lewis.

Am Abend führten die Fordes sie zum Essen aus. Es hatte nach dem ersten Picknick mit Lewis noch weitere gegeben: Sie waren mit dem Volvo mehrfach über Dunhaven hinausgefahren, hatten im Wagen gesessen und sich unterhalten. Aber dieser erste Tag ihrer neuen Nachbarschaft sollte doch entsprechend gefeiert werden.

Lewis und Jassy holten sie ab. Wie immer wenn sie Lewis sah, fühlte sie sich ruhig und stark vor Glück. Sie wußte, daß er jetzt ihrer so sicher war, wie sie seiner sicher war. Es gab Augenblicke, in denen sie ihre Liebe am liebsten hinausgeschrien hätte, vor ihm, vor der ganzen Welt. Aber es war richtiger, ihm die

Initiative zu überlassen. Sie war frei und ungebunden, er aber hatte an Jassy zu denken und – wie sie allmählich glaubte – vielleicht sogar an noch mehr, wovon sie noch nichts wußte. In der Gewißheit, daß sie den Rest ihres Lebens miteinander verbringen würden, war es leicht, noch eine Weile geduldig zu sein.

Sie fuhren zehn Meilen weit zu einem Hotel. Es war sehr vornehm, viel vornehmer als alle, in die Tom oder Bea sie je mitgenommen hatten. Dort gab es Ober, nicht nur Kellnerinnen, ein langes Menü in französischer Sprache und eine Unmenge Besteck, mit dem man umgehen können mußte. Während die anderen die Speisekarte studierten, legte sie ihre hin.

»Ich kann kein Französisch.«

»Speisekartenfranzösisch ist eine ganz besondere Kategorie«, sagte Lewis. »Soll ich es Ihnen übersetzen, oder wollen Sie es riskieren, daß ich für Sie bestelle?«

Speisekartenfranzösisch mochte sein, wie es wollte, die Preise aber waren durchaus deutlich und entsetzlich gesalzen. Ellen wußte aus Lewis' eigenem Munde, daß es ihm finanziell nicht besonders gut ging, war aber nicht überrascht, ihn den Millionär spielen zu sehen.

Vernünftig war es nicht, aber eine hübsche Abwechslung gegenüber den Männern von Knockaulin, denen von Anfang an äußerste Sparsamkeit eingetrichtert wurde. Trotzdem war es vielleicht für ihre gemeinsame Zukunft ganz günstig, daß auch sie so geartet war.

Das Essen war köstlich, ebenso der Wein. Ellen trank ihr zweites Glas langsamer, weil sie merkte, daß es ihr bereits die Zunge löste. Das hätte nicht geschadet, wenn sie mit Lewis allein gewesen wäre, aber hier waren sie umgeben von Menschen, und Jassy war dabei mit ihrem funkelnden, durchdringenden blauen Blick. Sie tat immer so, als hätte sie Ellen gern, aber Ellen war sich dessen nicht sicher. Das konnte später lästig werden, genau wie Beas spontane, unbegründete Antipathie gegen Lewis lästig werden konnte. Aber Jassy würde wohl bald fortgehen und ihr eigenes Leben leben, und Bea würde man zwingen müssen zu akzeptieren, daß auch Ellen das vorhatte.

Über den Tisch hinweg lächelte sie ihrem Leben zu, ihrer Liebe und auch Jassy. Jassys Blick glitt von einem zum anderen.

»Wir hätten nie gehofft, daß Sie so schnell einziehen, Ellen. Sagen Sie doch, haben Sie nun einen Türknauf mit Blumenmuster für das Badezimmer bekommen – achtzehntes Jahrhundert natürlich?«

»Es ist schon einer dran, ich habe gar nicht darauf geachtet, aber sonst fehlt noch viel: Teppiche und Vorhänge und allerlei Möbel, aber auf das alles konnte ich nicht mehr warten.«

So wenig ihr gefiel, daß Bea nun dauernd kommen und in Nummer Sieben herumwirtschaften würde – wer brächte es übers Herz, dem ein Ende zu machen?

Obwohl Bea alles hatte, was eine Frau zum Glücklichsein brauchte, schien sie doch das nicht zu haben, was sie wirklich wollte. Nun, es war wohl nicht zuviel verlangt, wenn einer, der alles auf der Welt besaß, was er wollte, zuließ, daß Bea sich mit dem Haus amüsierte.

»Wenn alles fertig ist, werde ich der einzige –«, sie stockte. Ihr umfangreiches Vokabular war in Knockaulin nicht anwendbar gewesen und sie beherrschte es mehr über das Auge als über das Ohr. Erst jetzt lernte sie aus einem guten, modernen Lexikon und durch Übung mit Lewis – »der einzige Ana-chro-nismus sein.« Er nickte ihr flüchtig zu, um anzudeuten, daß sie es recht gemacht hatte. »Bis auf die elektrischen Geräte.«

Mit dem Besteck ging sie richtig um, und wenn sie

nicht sicher war, wartete sie, bis Lewis es ihr vormachte. Jassy zauderte jedesmal, bis Ellen angefangen hatte. Ellen bezweifelte, daß es nur Wohlerzogenheit war.

Einige Bekannte von Lewis, ein Colonel Heskins und Frau, die hereinkamen, blieben stehen, um ihn zu begrüßen. Lewis machte bekannt. Sie hatten von Ellen gehört, gratulierten ihr höflich und knapp zu der gelungenen Restaurierung des Hauses und gingen sofort an einem freien Nachbartisch vorbei zu einem anderen weiter hinten.

»Das ist das erste Mal, daß wir einer langen, öden Unterhaltung entgehen«, sagte Jassy. »Dem Himmel sei Dank, daß sie uns die kalte Schulter zeigen. Ich wüßte nur gern warum.«

Lewis' Gesicht verfinsterte sich. Ellen sagte rasch: »Ich habe daran gedacht, mir ein kleines Boot zu kaufen, Lewis, nur für Vergnügungsfahrten.«

Das Mädchen war fast noch ein Kind und wurde durch den Wein zum unartigen Kind. Jetzt war sie sicher, daß dieses Kind sie nicht mochte, doch das war nicht weiter verwunderlich. Natürlich wollte es den geliebten Vater, den es so lange für sich allein gehabt hatte, nicht an jemand abtreten, und das auch noch an eine Frau, die diese Heskins nicht als gesellschaftlich gleichwertig anerkannten wie ihn. Ihr kam der Gedanke, daß Jassy und Bea in der Beurteilung von Menschen eine gewisse Ähnlichkeit hatten. Unreif, alle beide. Eine unglückselige Veranlagung.

»Wäre es nicht hübsch, Buchten und Strände an der Küste zu erforschen, zu denen man sonst nicht hinunterkommt?«

Jassys Augen waren leuchtend blau, mißtrauisch und spöttisch.

»Ich kann es mir nicht so recht vorstellen, daß Sie etwas erforschen, Ellen.«

»Ich hatte bisher nie Gelegenheit dazu, aber gewünscht hab ich es mir schon immer, mehr von der Welt zu sehen.« (Jetzt warte ich, bis ich es zusammen mit dir tun kann, Lewis, dachte sie.)

»In Simbabwe sind wir im Kanu durch die Wasserfälle hinunter.« Jassys Aussprache wurde bereits leicht undeutlich. »Dabei mußten wir uns vor Krokodilen und Nashörnern in acht nehmen. Manchmal sind wir auch ins Gebirge jenseits der Ebene rauf. Da mußten wir uns vor Löwen und Tigern in acht nehmen. Und vor den Kyukas und den Zulus. Die nächste Stadt war hundert Meilen entfernt. Wir sind mit dem Jeep in den Dschungel gefahren, auf ausgehauenen Schneisen. Wenn Tabak und Kaffee abgeerntet waren, haben wir Wildschweine gejagt und dann am Sambesi-Damm gepicknickt. Dort haben wir im Mondschein gebadet.«

Lewis hatte schon mehrmals versucht, Jassy ins Wort zu fallen, aber sie ignorierte es. Jetzt sagte er so laut: »Jassy!«, daß man sich an den Nebentischen umdrehte. Ruhig fuhr er fort: »Du langweilst unseren Gast weit mehr, als es die Heskins je fertiggebracht hätten.«

»Entschuldigung, Ellen.«

Es war sonderbar, Jassy plötzlich zahm, fast ängstlich zu sehen. Sie faßte sich sofort. »Kann es daran liegen, daß ich unter Alkohol keine richtige Lady bin, höchstens ein Gentleman?«

Ellen sagte: »Weder Gentleman noch Lady können viel Spaß am Trinken haben, wenn sie dabei jedes Wort auf die Goldwaage legen müssen.«

Die beiden kamen mit ins Haus, um Nummer Sieben zu besichtigen. Bea hatte es ihr so oft vorgebetet, daß Ellen jetzt wußte, welche Gegenstände echtes achtzehntes Jahrhundert waren und welche nur Imitationen, mit denen sich Bea notgedrungen hatte zufriedengeben müssen. Abgesehen von allgemeiner Bewunderung äußerten sich die Fordes sehr sparsam, doch es genügte, um deutlich zu machen, daß Lewis von seinem Fach noch recht wenig verstand. Doch das war gleichgültig.

Sie ging mit dem Bewußtsein zu Bett, daß Lewis ganz nahe war, jenseits der Mauer. Sie legte ihre Hand an die Wand. Sie schob das Buch über Afrika auf ihrem Nachttisch beiseite. Sie würde jetzt nicht mehr darin lesen. Auch das war gleichgültig. Er würde ihr alles Nötige erzählen – zur rechten Zeit.

Sechstes Kapitel

Zwei Scheiben Toast hüpften aus dem Toaster. Eine fiel auf den Boden. Jassy kickte sie mit dem Fuß durch die ganze Küche und legte die andere ihrem Vater auf den Teller.

»Nicht mal gleichmäßig braun. Das Elendsding gehört auf den Mist!«

Heiter meinte Lewis: »Ein launischer Toaster ist ein schlechter Tagesanfang. Schmeiß ihn weg, Liebes.«

»Hmm.« Jassy goß sich Kaffee ein und umklammerte den Becher fest mit allen zehn Fingern. »Wir kommen allmählich wieder ins Stadium, wo geflicktes Zeug ›eben noch gehen muß‹, Dad. Ich glaube nicht, daß wir hier noch lange bleiben können.«

»Das glaube ich auch nicht.«

»Wir können uns nicht leisten, so lange zu warten, bis wieder totale Ebbe in der Kasse ist. Wir müssen genügend übrigbehalten, um dort, wo wir als nächstes hinziehen, neu anfangen zu können. Haben wir uns nicht lange genug totgestellt, um jetzt gefahrlos wegzugehen?«

»So gefahrlos wie möglich.«

Jassy mußte ein angstvolles Unbehagen unterdrükken. »So gefahrlos wie möglich« hatte immer genügen müssen. Dieses Risiko mußte man immer auf sich nehmen.

»Meinst du nicht auch, daß es Zeit wird, das Wild zur Strecke zu bringen? In letzter Zeit hat Ellen doch mehrfach erwähnt, daß sie mit ihrem Geld gern etwas Nützliches und Interessantes anfangen würde und nur noch nicht weiß was, weil sie außer der Bauernarbeit nie was gelernt hat, und die nicht einmal richtig.« Jassy äffte Ellens West Corker Dialekt nach: »In Knockaulin versteht keiner was, außer in der Erde kratzen ... Sie bettelt doch förmlich darum, daß du sie berätst.«

Lewis lächelte so abwesend, daß es Jassy nervös machte.

»Ja, ich weiß. Sie wartet darauf, daß wir gemeinsame Entscheidungen treffen.«

Jassy stellte ihren Becher so heftig hin, daß er fast umkippte.

»Dad, diesmal verstehe ich dich nicht. Entweder hältst du mit deinen Plänen bei Ellen hinterm Berg, und das sähe dir nicht ähnlich. Oder du hast überhaupt noch keine, und das sähe dir erst recht nicht ähnlich.«

»Ellen ist intelligenter, als du wahrhaben willst, fürchte ich.«

»Und wenn schon. Sie frißt dir doch aus der Hand. Sie versucht es nicht einmal zu verbergen, wenn sie dich mit ihren großen Kuhaugen anhimmelt.«

Mit leicht gereiztem Unterton sagte er: »Ich wollte, sie wäre dir weniger unsympathisch.«

»Na und? Es hindert mich nicht, ganz reizend zu ihr zu sein. Übrigens: du hast es zwar nie erwähnt, aber ich möchte mich doch dafür entschuldigen, daß ich am ersten Abend, an dem wir miteinander aßen, so unvorsichtig war. Ich schäme mich. Wirklich. Weil ich weiß, daß ich mich sonst eigentlich nur in acht nehmen muß, wenn ich wütend werde. Und die Entschuldigung hatte ich an dem Abend nicht, als ich fast riskierte, dir deine Aussichten zu vermasseln. Ich war einfach ungezogen und blöd. Es ist mir nie passiert, und ich verspreche dir, daß es nicht mehr vorkommt.«

»Also haben wir uns gegenseitig nichts mehr vorzuwerfen, Partner. Weißt du noch, wie ich auch mal kurz unvorsichtig war, damals mit den unerträglichen Fortescues in Devon? In beiden Fällen ist nichts passiert. Den kleinen Zwischenfall im Hotel habe ich total vergessen. Ich glaube auch nicht, daß Ellen auf deine schwungvollen Afrikaschilderungen besonders geachtet hat.«

Plötzlich platzte Jassy heraus. »Wenn ich dich nicht so gut kennen würde, könnte ich beinahe glauben, du hast diese fade Person gern?«

Sie erwartete, daß er es mit einem Lachen abtat. Doch er sagte: »Sie hat so was Friedliches.«

»Seit wann, um Gottes willen, bist du scharf auf Friedliches?« rief Jassy, nun ernstlich beunruhigt. »Je schneller wir aus diesem Loch herauskommen, mit oder ohne eine Portion von Ellens Kies, und wieder anfangen zu leben, desto besser.«

»Ich muß dich bitten, noch ein bißchen Geduld zu haben. Ich sehe noch nicht ganz, wie es weitergehen soll. Ich muß mir über vieles klar werden, unter anderem über mich.«

Sie ließ es auf sich beruhen und quälte ihn nicht länger. Diese Entschlußlosigkeit, diese Übervorsicht hatte das Gefängnis bei ihm bewirkt. Der Teufel hole doch all die Scheinheiligen und auch die Folterknechte, angestellt von Idioten, um ihre Idiotie an jemand zu rächen! Waren sie erst einmal aus diesem gräßlichen Kaff heraus und weit weg von diesen gräßlichen Leuten, würde er wieder ganz der alte werden.

Der Teufel hole auch Ellen, die ihn mit sanften gläubigen Blicken verschlang, diese idiotischste aller Idiotinnen, die da meinte, ein Mann wie er, der sich die Frauen aussuchen konnte, könne für einen so häßlichen Trampel anderes empfinden als freundliches Mitleid, und schon das war nach Jassys Meinung zuviel.

Sie wußte zwar, daß ihr Vater nur Theater spielte, aber ihr fiel es tagtäglich schwerer, diesem albernen Ding schönzutun. Sie war ihm in guten und schlechten Zeiten eine begabte Assistentin gewesen. Die Aufgabe war eben diesmal ungewöhnlich schwierig, weiter nichts.

In Dunhaven verfolgte man höhnisch, wie dieser Engländer der reichen Miss O'Sullivan den Hof machte. Der Colonel war verschnupft, weil er diesen Kerl gewissermaßen eingeführt hatte. Mrs. Heskin, die immer noch eine gewisse Schwäche für Lewis Forde bewahrte, pflichtete ihrem Mann bei, daß Miss O'Sullivan nicht ganz die Frau war, um einen solchen Mann zu fesseln, meinte aber, er sei nicht der erste, der nach Geld heiratete. Der Colonel schnaubte verächtlich.

»Mag schon sein, aber die meisten Männer verlangen doch noch andere Eigenschaften. Es ist widerwärtig mitanzusehen, wie so ein Mann sich verkauft. Manchmal denke ich, wir haben diesen Forde doch wohl zu sehr nach dem äußeren Schein beurteilt. Was wissen wir denn über ihn, außer dem, was er selbst uns erzählt hat?«

Mrs. Heskin meinte, man solle nie vorschnell urteilen und Simbabwe sei schließlich sehr weit weg.

»Verdammt weit. Eins aber wissen wir: der Kerl ist eine männliche Prostituierte und damit basta. Wirklich schade«, sagte der Colonel, »daß diese arme, naive O'Sullivan keinen Menschen hat, der auf sie aufpaßt.«

Mrs. Heskin wußte aus sicherer Quelle, daß Miss O'Sullivans Schwester sie oft besuche. Und auch ein Bruder sei da. Wieder schnaubte der Colonel verächtlich.

»Nach dem, was wir über Miss O'Sullivan wissen, können wir uns denken, aus welchem Stall die sind, oder? Sicher glauben die Angehörigen, sie könne stolz darauf sein, sich einen zu schnappen, den sie für einen Gentleman halten. Diese Trottel!«

Ellen sagte: »Ich fürchte, du verlierst all deine prominenten Freunde, Lewis.«

»Ja, ich habe gemerkt, daß ich nicht mehr so beliebt bin wie früher.«

»Vielleicht weil du jetzt mit ordinären Leuten verkehrst?«

»Ach herrje. Ja, ich bringe dir wirklich die größten Opfer!«

»Ich hätte nichts dagegen, *dir* ein paar zu bringen«, sagte Ellen und dachte an Tom und Bea. »Doch das erlaubt man mir nicht.«

Tom und Bea waren über den Klatsch, der allmählich bis nach Cork durchsickerte, entsetzt. Bea meinte: »Die Symptome sind beunruhigend. Der Name des Mannes fällt bei ihr nie, außer ich bringe ihn aufs Tapet, und dann muß ich noch gottweißwie vorsichtig sein, weißt du. Ich habe nur herausbekommen: ja, sie hat sich mit den Fordes angefreundet. Ich kann dir sagen, es ist nicht leicht für mich, mit meinem Urteil über den Mann weiter zurückzuhalten, aus lauter Angst, daß sie sonst hingeht und ihn vom Fleck weg heiratet.«

»Meinst du wirklich, daß es so ernst ist?«

»Wenn wir hoffen könnten, daß Ellen mit ihm bloß in die Buntkarierten geht, brauchten wir uns keine Sorgen zu machen.«

»Doch nicht Ellen!« sagte Tom. »Sie doch nicht.«

Schroff sagte Bea: »Nein, nicht wahr, damals in Knockaulin hielt man so was ohne Ring am Finger für riskant. Und was – ich bitte dich – hätte *er* davon. Ausgerechnet mit Ellen. Nein, nein, es ist so, wie alle sagen, er ist hinter ihrem Geld her. Die Gefahr bestand ja wohl schon immer, daß jemand auf den Gedanken kommen würde, sie deswegen zu heiraten.«

»Ich mag Ellen gern. Im Unterschied zu dir könnte ich mir durchaus vorstellen, daß ein Mann sie noch aus anderen Gründen heiraten will.« Tom klang ungewöhnlich verständnisvoll. »Ich bin auch nicht gerade begeistert von der Vorstellung, daß sie diesen Fremden heiratet und vielleicht später mal nach England zieht, aber ich sehe nicht ein, warum wir gleich annehmen müssen, dieser Forde sei eine zweifelhafte Existenz.«

»Kein Mensch weiß was über ihn. Ist das nicht verdächtig? Er ist von der anglo-irischen Clique aufgenommen worden, und dann hat er seine Kaste dadurch verraten, daß er Ellen nachstellt. Jetzt laufen die alle herum und behaupten, auch nichts über ihn zu wissen.«

»Na, Ellen scheint ja etwas zu wissen.«

»Ach wirklich? Du wirst schon sehen.«

»Ja. Ich werde noch heute nachmittag mit ihr reden.«

Tom fand Ellen im »Alten Kuriositätenladen« bei Lewis Forde. Die beiden lachten gemeinsam über einen scheußlichen Frosch aus Speckstein.

Toms erster Eindruck von Forde war der eines angenehmen Menschen, nicht schön, aber sympathisch, mit offenem Blick und einer umgänglichen, freundlichen Art.

Ellen ging mit Tom fort. Sie und Forde tauschten einen langen Blick, als ob sie sich ungern trennten. Tom fiel dabei ein, daß es einmal eine Zeit gegeben hatte, in der er und ein Mädchen – welches Mädchen? – einander auch gar nicht genug hatten ansehen können. Es war kaum noch Erinnerung, mehr ein verschwommener Gedanke, und obwohl zufriedener Ehemann, empfand Tom einen flüchtigen Stich schmerzhaft-wehmütigen Neides auf Ellen und Lewis Forde.

Ellens Wohnzimmer war jetzt voll eingerichtet und gemütlich. Auf einem Klapptisch – einer von Beas besten Funden – lag eine Pfeife und ein Tabaksbeutel.

Ellen sagte: »Lewis hat versucht, sich die Zigaretten abzugewöhnen.« Sie lachte gluckernd. »Schau, wie leicht ich dir den Anfang mache.«

Tom lachte auch und setzte sich.

»Ja, genau deswegen bin ich gekommen.«

»Ich hab doch gewußt, daß es nicht lange dauern wird, ehe Bea dich auf mich hetzt.«

»Ich wäre sowieso gekommen – ganz von mir aus. Ich muß dir vorab sagen, mein Mädchen, daß ich sehr böse auf dich bin. Ich hätte erwartet, zuerst von dir über die Sache zu hören, nicht via Stadtklatsch.«

Ellen berührte ganz leicht den Tabaksbeutel, weil er Lewis Forde gehörte.

»Ich habe nichts zu berichten. Ich meine nichts, was du und Bea für berichtenswert halten würden.«

»Das Gerücht will wissen, daß du schon so gut wie verheiratet bist.«

»Das Gerücht ist immer zu ungeduldig.«

»Das bin ich auch.«

Dabei war er im Grunde äußerst geduldig.

»Ich war dir vielleicht nicht immer der allerbeste Bruder, Ellen, aber ich bin nun einmal dein Bruder. Bea und ich sind deine Geschwister, und natürlich geht es uns was an, wenn etwas so Wichtiges wie eine mögliche Heirat auf dem Spiel steht. Ich bitte dich, uns nicht darüber im dunkeln zu lassen. Wenn du meinst, daß ich es nicht verdient habe, dir eine solche Frage zu stellen, bitte ich dich, beantworte sie mir zu Gefallen.«

»Bea hat nie eine direkte Frage gestellt, nur immer Anspielungen gemacht. Also gut, Tom: Ich liebe Lewis.«

In ihren Augen war ein Leuchten, auf ihrer Haut ein rosiger Schimmer, der ihre Reizlosigkeit förmlich verklärte, sogar ihr Haar, wirklich, es hatte mehr Glanz.

»Und er liebt mich auch. Aber was ich vorhin gesagt habe, stimmt, daß ich dir und Bea nichts Wichtiges zu berichten hätte. Er hat mich noch nicht um meine Hand gebeten.«

Wenigstens das sprach zu Fordes Gunsten, daß er sie

nicht drängte. Unsinnigerweise überfiel ihn plötzlich die Angst, der Kerl könne keine ernsthaften Absichten haben. Er konnte den Gedanken nicht ertragen, der Glanz, der Ellen umgab, könne erlöschen.

Wieder faßte sie nach dem Tabaksbeutel. »Aber das wird er noch. Er muß damit noch etwas warten.«

»Aha«, forschte Tom, »geschäftliche Angelegenheiten zum Abschluß bringen und so?«

»In gewisser Weise. Ja. Ich weiß es nicht.«

»Hm. Er scheint sein Leben in verschiedene Abteilungen zu trennen, was? Na ja, das tun viele Männer.«

Sie lächelte, aber es galt nicht Tom.

»So wird es zwischen uns niemals sein.«

Langsam und behutsam tastete er sich vorwärts.

»Lewis Forde macht einen netten Eindruck, aber über einen zukünftigen Schwager möchte man natürlich mehr wissen, ehe man mit dem offiziellen Segen herausrückt.«

»Möchtest du was trinken, Tom? Ich halte mir immer eine Flasche Scotch für Lewis.«

Der Whiskey war Glenfiddich. Für Mr. Forde war das Beste gerade gut genug.

»Ich kann dir wenig mehr über Lewis sagen, als was alle wissen. Ich bin überzeugt, soviel weiß Bea auch.«

»Ellen, ich meine sein Herkommen, seine Familie, all das.«

Ganz unerwartet lachte sie wieder ihr Gluckerlachen.

»Was ist daran komisch?«

»Daß du und Bea so darauf achten, ob der Mann auch gut genug für mich ist. Entschuldige! Lewis hat keine Familie, nur seine Tochter Jassy.«

In ihrer möglicherweise grundlosen Voreingenommenheit den Fordes gegenüber hatte Bea das Mädchen als zusätzliche Belastung geschildert, als eine

Stieftochter, die Ellen die Hölle heiß machen würde. Tom schwenkte den Whiskey in seinem Glas.

»Ja. Auffallend hübsch, wie ich höre.«

Er wartete. Ellen schwieg. Sie schien tatsächlich darauf zu warten, daß er etwas sagte. »Also weißt du, viel weitergeholfen hast du mir auch nicht, was den Mann angeht, den du heiraten willst.«

»Kann ich ja auch nicht. Du mußt ihn selber kennenlernen, Tom.«

»Sicher, Ellen. Willst du etwa sagen, daß er für dich eine ebensolche unbekannte Größe ist wie für alle anderen? Das ist doch sehr beunruhigend!«

»Ach, ich kenne Lewis, wie ich mich selbst kenne. Es stimmt, finanziell geht es ihm nicht gut, und ich weiß, du hast Angst, daß er mich wegen meines Geldes nimmt.« In einer seltsamen Mischung aus Verwunderung und Stolz sagte sie: »Das stimmt nicht. Er würde mich auch nehmen, wenn er mich in Knockaulin kennengelernt hätte. Ich bin sehr glücklich, Tom. Bitte freu dich mit mir.«

Tom sagte zu Bea: »Ich finde es unglaublich, daß jemand so töricht sein kann. Im übrigen hattest du recht.«

»Hab ich dir's nicht gesagt?«

»Ich war sehr vorsichtig, nur ja kein Wort zuviel zu sagen. Wir dürfen nicht riskieren, daß sie uns enterbt. Sie ist bis über beide Ohren vernarrt in ihn.«

Wieder fiel ihm der Blickwechsel im »Alten Kuriositätenladen« ein. »Aber ich habe doch den Eindruck gewonnen, daß er sie aufrichtig gern hat.«

»Ja. Bei dem Affentheater, das er als Romeo diesem Dummchen von Julia vorspielt, war ich manchmal sogar dabei.«

Er sagte patzig: »Er kann ja sein Hauptinteresse im Auge haben und Ellen trotzdem gern mögen. Wenn er ein anständiger Kerl ist, geht es bestimmt ganz gut. Ehe ist sowieso ein Risiko.«

»Eine Phrase! Anscheinend bist du weit empfänglicher für das zur Schau gestellte Geturtel als ich. Du bist also entschlossen, tatenlos zuzusehen, wie Ellen dieses ›Risiko‹ eingeht?«

»Wir brauchen vor allem eine Beruhigung über Fordes Vorleben, über seine Bekannten und darüber, daß er tatsächlich Witwer ist. Genug, um sicher zu sein, daß er das ist, was er zu sein scheint: ein Durchschnittsmensch, und im Moment in einer Pechsträhne. Morgen spiele ich eine Runde Golf mit dem Polizeichef. Ich glaube, den frage ich, ob er nicht eine seriöse Detektei weiß.«

»Ja, tu das«, stimmte Bea eifrig zu.

»Es geht mir einigermaßen gegen den Strich, aber dann hat die liebe Seele Ruh. Es braucht ja niemand zu erfahren, also kann es auch niemand schaden.«

»Was wir auch tun«, sagte Bea beschwichtigend, »tun wir für Ellen.«

Siebentes Kapitel

Tom und Bea besuchten Ellen weiterhin. Tom kam auch zwischendurch mal schnell vorbei, machte Scherzchen, stellte Ellen keine peinlichen Fragen und schwatzte, wenn sie sich zufällig trafen, ungezwungen mit Lewis Forde, lauerte aber immer auf irgendwelche Ungereimtheiten. Doch er entdeckte keinen Riß in der Fassade dieses Menschen – wenn es eine Fassade war.

Die vom Polizeichef empfohlene Detektei war tätig, hatte aber bis jetzt nichts Nachteiliges zu berichten. Die Fordes schienen aus dem Nichts in Dunhaven gelandet zu sein. Die Detektei schlug vor, auch in Simbabwe Erkundigungen einzuziehen. Tom scheute zwar die Kosten, aber offenbar blieb nichts anderes übrig, wollte man etwas über das Vorleben der Fordes erfahren.

Bea besuchte Ellen jetzt häufiger und blieb länger. Sie machte das fabelhaft, war stets munter und strahlend, ganz die clevere große Schwester, aber auf amüsante, tolerante Art. Das fiel ihr zunehmend schwerer, doch sie war entschlossen, den Mantel nach dem Wind zu hängen, bis Lewis Forde als der Betrüger entlarvt war, für den Bea ihn immer noch hielt, ohne es begründen zu können. Es war höchst ungerecht, daß Tom und sie dafür die Rechnungen bezahlten, eigentlich war es Ellens Sache, und sobald Lewis Forde demaskiert war, würde man Ellen das beibringen müssen.

Bis dahin mußte Bea ihrer Schwester beistehen, auch wenn es sinnlos war, mußte versuchen, sie zu etwas anderem zu überreden, als nur stupide dazusitzen und darauf zu warten, von diesem Mann hereingelegt zu werden.

»Du solltest viel öfter ausgehen«, sagte sie fröhlich. Ellen erwiderte, sie mache sich viel Bewegung: Rudern, Wandern, Schwimmen. Alles mit diesem Mann, o ja. War sie tatsächlich so dämlich, wie sie manchmal schien?

Bea lächelte strahlend in den strömenden Regen hinaus. »Du liebe Zeit, wenn ich es mir so leisten könnte wie du, ich wäre längst auf und davon aus diesem ewigen Geniesel und irgendwo in der Sonne. Vielleicht auf den Bermudas«, meinte sie und versuchte sich einen Ort auszudenken, der möglichst weit von Lewis Forde entfernt war. Sie wußte, daß sie in den Wind redete.

»Aber du hast doch immer Angst gehabt, ich würde auf Reisen Dummheiten machen?«

Es war schwer, die Feststellung zu unterdrücken, daß sie nirgends größere Dummheiten machen würde als in Dunhaven. In Beechmount war sie nur sehr wenigen Bekannten der Colemans vorgestellt worden, aber jetzt war allmählich jedes Mittel recht, sie vor dem Verderben zu retten. Bea war fest entschlossen, die Peinlichkeit auf sich zu nehmen, eine solche Schwester zu haben. Sie ging dazu über, die sinnlose, selbstauferlegte Isolation mit den Fordes niederzureißen und Ellen einem erweiterten gesellschaftlichen Leben zuzuführen. Zwar war die alte Tante der Mahers in Dunhaven tot, wie sich herausstellte, doch durch die O'Briens knüpfte sie Verbindungen zu deren Dunhavener Vettern an – einem enttäuschend inferioren Zweig der Familie, der aber den Vorzug hatte, nicht die Fordes zu sein – und machte Ellen mit ihnen bekannt.

»Wenn du glaubst, solche Leute könnten sie länger als unumgänglich von den Fordes fernhalten, bist du verrückt«, äußerte sich Tom.

»Aber es ist doch ein Anfang. Ich möchte, daß Alice und du mir helft. Wir müssen ein paar Leute für Ellen einladen. Wir müssen ihr zeigen, daß es außer diesem Forde noch andere Männer auf der Welt gibt.«

Sie wußte, was Toms hochgezogene Augenbrauen ausdrücken sollten. Ja, ja, sie dachte dabei ans Geld, aber schließlich nicht für sich selbst, sondern für die jungen Leute, und zu denen gehörte Toms Sohn Owen.

»Ehrlich gestanden wäre es mir lieber, wenn Ellens Geld nicht aus der Familie ginge, aber wenn sie schon unbedingt heiraten möchte, sollte es wenigstens jemand aus unseren Kreisen sein.«

Ellen nahm die Einladungen nach Cork mit der trügerischen Fügsamkeit an, hinter der sie ihre Halsstarrigkeit verbarg.

Es war nicht leicht, geeignete Männer im passenden Alter zu finden, aber es gelang Bea, einen verwitweten Buchhalter und einen Tierarzt aufzutreiben, der den Ehrgeiz hegte, sich sein eigenes Gestüt aufzubauen. Ellen war keine völlige Katastrophe, wie Bea gefürchtet hatte, paßte aber in diesen Kreis wie die Faust aufs Auge. Man gestattete ihr, das Original zu spielen.

Bea schämte sich ihrer Naivität, nicht längst erkannt zu haben, daß jeder mit genügend Geld in dieser Rolle Erfolg hat.

Voller Hoffnung trabte sie Ellen vor. Der Buchhalter blieb gleichgültig, doch der Tierarzt zeigte lebhaftes Interesse. Er war sehr erpicht darauf, zu seinem Gestüt zu kommen. Aber sah Ellen ihn auch nur an? Den Teufel tat sie!

Bea gab es auf, sie herumzuzeigen, als sie einsah, es sei pure Zeitverschwendung. Bei Ellen war eben alles schwierig.

Begegnete sie Lewis Forde, was oft unvermeidlich war, wenn man Ellen besuchte, durfte sie sich bescheinigen, ihre Abneigung meisterhaft zu verbergen. Noch schwerer fiel ihr – obwohl ja der Vater die eigentliche

Bedrohung war –, ihre Abneigung gegen die Tochter zu verbergen. Dieses kleine Luder konnte einen rasend machen.

Einem Impuls folgend, betrat sie eines Tages plötzlich den »Alten Kuriositätenladen«, als sie wußte, daß Jassy allein war. Sie kam mit dem festen Entschluß, sie irgendwie in Widersprüche zu verwickeln. Schließlich würde es wohl leichter sein, das Jungfüchslein bei einer Unvorsichtigkeit zu ertappen als den alten Fuchs.

Als erstes opferte sie vier Pfund für einen dummen kleinen Kasten, der keine zwei wert war. Während Jassy ihn einpackte, sagte sie: »Nach London finden Sie Dunhaven gewiß sehr langweilig, liebe Jassy. Ich selbst liebe London auch sehr und kenne es wie meine Tasche. In welchem Stadtteil haben Sie denn gewohnt?«

»Wir haben in mehreren kleinen Hotels gelebt, weil wir darauf warteten, daß eine Wohnung in der Cromwell Road frei wurde. Aber dann hat sich Dad entschlossen, statt dessen nach Dunhaven zu ziehen.«

Sie mußte sich auf ausweichende Antworten beschränken, um keinen Verdacht zu erregen. Bea lächelte mütterlich.

»Ich finde immer, das schlimmste bei solchen Umzügen ist die Trennung von den alten Freunden.«

»Wir waren nicht lange genug in London, um dauerhafte Freundschaften zu schließen.«

»Nein, ich meine Ihre Freunde in Simbabwe.«

»Ja, ja, man nimmt sich immer vor, in Verbindung zu bleiben, und dann –«

»Das kenne ich«, sagte Bea mitfühlend. »Als Trost bleiben einem ja immer noch die Briefe. Ach, dabei fällt mir ein, der Sohn einer Freundin bettelt überall um ausländische Briefmarken. Er wäre begeistert, wenn er mal welche aus Simbabwe bekäme.«

»O wie schade, ich habe nie welche aufgehoben.«

Wenn du überhaupt welche gekriegt hast, dachte Bea. Ob man sich möglicherweise beim Postamt erkundigt? Nein, aber vielleicht kann Toms Polizeichef klären, ob du von jetzt an welche kriegst. Wiederum nein. Der wird vermutlich einwenden, das sei keine korrekte polizeiliche Maßnahme oder etwas ähnlich Spießiges. Kein Wunder, daß so viele Verbrechen unaufgeklärt bleiben.

»Aber zu Weihnachten kriegen wir bestimmt ganze Massen. Sagen Sie Ihrem kleinen Freund, daß ich sie ihm garantiert alle aufhebe.«

Ein Versprechen ohne Risiko. Weihnachten hofften diese Kreatur und ihr Vater Ellen fest in den Klauen zu haben, weit weg von Dunhaven und ihrer Verwandtschaft.

»Sie sprechen doch sicher die Sprache perfekt?«

Das Mädchen sah sie fragend an.

»Ich meine«, sagte Bea mit einem unbekümmerten kleinen Lacher, »das, was man in Simbabwe spricht.«

»Ach so, Sie meinen die Eingeborenen? Die meisten können ein bißchen Englisch. Es gibt in dem Land eine Menge verschiedener Dialekte.«

»Suaheli«, sagte Bea und versuchte sich an eine afrikanische Sprache zu erinnern, von der sie gehört hatte. »Oder Bantu?«

Das Mädchen sprach rasch einen Satz. Es klang wie pures Kauderwelsch. War es höchstwahrscheinlich auch. Ob man sie bitten konnte, ihn aufzuschreiben? Dann konnte man das überprüfen lassen. Nein, dann würde sie Lunte riechen.

»Reizend! Die fließende Modulation, sehr melodisch. Was bedeutet es?«

»Grob übersetzt ungefähr: Die Kröte sieht selbst im schönsten Teich nur ihr eigenes Spiegelbild.«

Beas Lachen wurde noch etwas schriller.

»Ach ja, die geistlosen Stammtischsprüche hört man

doch wirklich überall.« Plötzlich machte sie einen fechterischen Ausfall. »Nicht weit von uns ist vor ein paar Monaten eine Familie aus Simbabwe eingezogen. Wäre es nicht wunderbar, wenn es zufällig Bekannte von Ihnen wären?«

Die strahlenden blauen Augen wurden schmal, und rundherum zeigten sich Fältchen unverhohlenen Amüsements.

»Dad würde sie bestimmt wahnsinnig gern treffen.«

»Ach, gerade überlege ich: vielleicht ist es auch Uganda und nicht Simbabwe. Aber Afrika ist es auf jeden Fall.«

»Ach«, sagte Jassy enttäuscht schmachtend, »Afrika, das ist ein sehr großes Gebiet, Mrs. Coleman.«

Ellen würde nie zu schätzen wissen, was ihre Schwester ihretwegen durchmachte. Bea nahm ihr Päckchen an sich.

»Die alte Dame, die dieses Kästchen zum Geburtstag bekommt, ist bestimmt begeistert. Ich finde es fabelhaft, wie rasch Sie den Antiquitätenhandel gelernt haben.«

Jassy setzte eine Unschuldsmiene auf.

»Ich bin doch nur eine dumme Verkäuferin. Wie Dad Ihnen sagen würde, habe ich in Wirklichkeit gar keinen Sinn für Dinge, die alt sind. Ich finde sie schlicht verstaubt.« In pseudo-mädchenhafter Verwirrung sagte sie dann: »Aber ich habe natürlich gemerkt, daß alles, was Sie für Ellens Haus angeschafft haben, wahnsinnig wertvoll ist.« Mit giftiger Honigsüße setzte sie noch hinzu: »Wenn ich es auch nicht gebührend bewundern kann – Sie sehen ja, Dad tut es.«

Bea lächelte dem ungezogenen, frechen Weibsstück ebenso honigsüß zu. Die vier Pfund waren gut angewendet. Es war nicht nur pure Unhöflichkeit, daß das Mädchen in Sachen Afrika so zurückhaltend gewesen war, sondern pure Ignoranz. Bea war überzeugt, oder doch so gut wie überzeugt, daß keiner der Fordes je dort gewesen war.

Kurz danach bekam Beas Kampagne frischen Auftrieb durch die Entdeckung, daß ihre Kinder Judy und Desmond und auch Toms Sohn Owen Tante Ellen seit kurzem besuchten und bereits die Bekanntschaft der Fordes gemacht hatten.

Judy war die erste, die nach Dunhaven fuhr. Sie nahm den Bus. Beiläufig befragt, wo sie am Nachmittag gewesen sei, antwortete sie mit einem Unterton gereizter Abwehr: »Du wirst ja wohl nichts dagegen haben, daß ich Tante Ellen besuche, Mutter?«

Die jungen Leute wußten genau, daß der Name der Tante mit dem von Lewis Forde in Zusammenhang gebracht wurde und daß ihre Eltern alles in allem nicht recht glücklich darüber waren, aber mehr auch nicht.

In ihrer temperamentvollen Art sagte Bea mit gespieltem Erstaunen: »Warum in aller Welt soll ich was dagegen haben?«

Desmond sagte trocken: »Es ist nicht außerhalb der Grenzen des Vorstellbaren, daß Judy das vage Gefühl hat, Tante Ellen sei wegen ihres Liebeslebens in Verschiß.«

»Es ist schlimm genug, daß ihr beide eure Tante schamlos vernachlässigt, ihr braucht euch nicht auch noch alberne Entschuldigungen auszudenken. Wie fandest du das Haus, Judy?«

»Entzückend. Das hast du fabelhaft gemacht, Mutter. Tante Ellen hat mir einen köstlichen Tee gegeben und mich gebeten wiederzukommen, so oft ich Lust habe.«

»Was Ma wirklich wissen will, Schwesterchen, ist: Wie findest du den Freund?«

»Ich habe die Hoffnung nie aufgegeben«, sagte Bea, »daß du ab zwanzig etwas erträglicher würdest.«

»Mr. Forde habe ich kennengelernt.« Judy wurde nun unbefangener. »Mir gefällt er.«

»Ja, er ist ein attraktiver Mann. Aber dein Onkel Tom und ich finden eigentlich, daß Tante Ellen allein besser dran wäre –« Bea seufzte scherzhaft resigniert. »Aber wir verstehen gut, daß sie das nicht findet!«

»Sieht diese Jassy nicht phantastisch aus? Na ja, an ihr hat mir eigentlich nur das Äußere gefallen. An mir findet sie rein gar nichts. Neben ihr komm ich mir vor wie ein Säugling. Wie ein kleinstädtischer Säugling!«

Desmond ließ sich hören: »Diese stolze Schöne muß ich mir doch näher ansehen.«

Irgendwann später sagte Bea zu Tom: »Ich weiß nicht, ob du merkst, daß unsere zwei Junghengste hinter dieser Miss Forde her sind. Vielleicht haben sie ihr Ziel sogar schon erreicht.«

Tom runzelte die Stirn. Sie lachte ihm ins Gesicht.

»Mein guter Alter, deine Ritterlichkeit ist hier nicht angebracht. Du kannst dich darauf verlassen, daß die wackeren beiden nicht die ersten sind, die es bei ihr schaffen. Eine weitere interessante Wendung ist, daß Ellen und Judy eine feste Tante-Nichte-Beziehung eingegangen sind.«

Sein Stirnrunzeln vertiefte sich.

»Woran denkst du, Bea?«

»Abgesehen von dem amüsanten ›Reigen‹-Effekt drängt sich mir die Erkenntnis auf, daß diese hitzige Verbrüderung für uns nützlich sein kann. Die Fordes sind dir und mir gegenüber ganz Abwehr. Aber es wird wohl nicht ganz so einfach sein, unserer allgegenwärtigen Nachkommenschaft auf die Finger zu sehen.«

»Hab ich's mir doch gedacht, daß es darauf hinausläuft. Es wäre mir verflucht unangenehm, wenn unsere todanständigen Jungen unwissentlich zur Spionage mißbraucht würden.«

»Wer mißbraucht hier wen? Ich versichere dir, ich habe diese enge Freundschaft nicht gefördert. Da sie aber nun mal besteht, sehe ich keinen Grund, sie nicht auszunützen. Oder hast du vor, Dunhaven für unser Trio zum ›Off limits‹ zu erklären? Du mit deinen Hoffnungen! Hör mal, wenn es nichts auszuspionieren gibt – um so besser. Und wenn es etwas gibt, dürfen wir um Ellens willen nicht prüde sein.«

Tante Ellen war zu einem wichtigen Faktor in Judys Leben geworden. Zum ersten Besuch bei ihr hatte sie sich ganz spontan entschlossen. Als Tante Ellen sie dann mit einem freudigen Ausruf empfing, schlug ihr das Gewissen. Sie sagte – es kam ganz patzig heraus –: »Ich hab's immer wieder aufgeschoben, dich zu besuchen, aber seit deiner Abreise habe ich ständig an dich gedacht.«

»Tatsächlich? Na dann komm herein, damit ich dir einen Freund vorstellen kann, einen gewissen Lewis Forde.«

Es war nett, Tante Ellens ulkiges Grinsen wiederzusehen.

»Du hast den Namen vielleicht schon mal gehört?«

»Ja.« Tante Ellen war immer offen und ehrlich mit einem, daher war man auch immer offen und ehrlich mit ihr. »Ich hatte gehofft, ihn kennenzulernen.«

Direkt umwerfend war Mr. Forde nicht. Nur auf sein Aussehen konnte Tante Ellen also nicht hereingefallen sein. Doch er hatte ein recht sympathisches Gesicht, und auch Stimme und Manieren waren sympathisch. Judy war in einer ganz bestimmten Absicht gekommen, nämlich der, sich über den Engländer von Tante Ellen ein eigenes Urteil zu bilden. Sie wollte sich nicht zu rasch von etwas beeinflussen lassen, was sich vielleicht nur als oberflächlicher Charme herausstellte.

Sie tranken zu dritt Tee. In einer Atmosphäre von

Zufriedenheit und Muße und ungezwungener Unterhaltung, die etwas sehr Entspannendes hatte. Aber anfangs hielt sich Judy schweigend und wachsam zurück. Dann waren ihre Bedenken zerstreut und sie redete mit. Als Forde gegangen war, sagte sie: »Tante Ellen, der gefällt mir sehr.«

»Ich bin froh, daß das Eis gebrochen ist. Nicht wahr, das hat dich bisher ferngehalten – die Angst, einfach so hereinzuplatzen?«

»Du bist ein beängstigend guter Psychologe.«

»Dazu braucht man nicht viel Psychologie. Ich hatte immer das Gefühl, daß wir uns gut verstehen werden, wenn wir uns erst besser kennen. In Beechmount haben wir das irgendwie nicht fertiggebracht, daher wußte ich, daß dich etwas hinderte, herzufahren, wo wir auf neutralem Boden gewesen wären.«

Tante Ellen sah sich um und lachte ihr Gluckerlachen. Auch das wieder zu hören war nett.

»Es ist zwar mein Haus, aber deine Mutter hat es eingerichtet, also kann man es wohl als neutralen Boden bezeichnen.«

»Ja, ich fände es schön, wenn wir uns näher kennenlernen würden. Ich möchte dir erklären, warum ich dich nie besucht habe, damit wir gleich den richtigen Einstieg finden. Es ist nämlich komplizierter, als du denkst.«

Nach einer Stunde hier fiel es leichter, mit Tante Ellen zu reden, als in all den Wochen in Beechmount.

»Du warst von Anfang an so anders als alle Bekannten, ich meine alle älteren. Du warst immer du selbst, ganz real und solide wie ein Fels, auf den man bauen kann. Ich wollte nicht riskieren festzustellen, daß ich mich getäuscht hätte, daß du ganz anders warst, vielleicht sanft und dämlich und dich bis zum Gehtnichtmehr von einem Mitgiftjäger ausbeuten läßt. Das wäre eine schreckliche Ernüchterung für mich gewesen.

Deshalb blieb ich weg und hoffte, daß alles nicht stimmte, was erzählt wird. Solange ich das nämlich hoffte, konnte ich mir immer noch einbilden, daß du der Mensch bist, für den ich dich halte. Heute habe ich ganz plötzlich beschlossen, nicht mehr so feige zu sein und mir, wenn es geht, selber ein Urteil zu bilden. Ach, Tante Ellen, du bist so, wie ich dachte, und ich finde es einfach prima, daß du das Geld hast, um es mit Mr. Forde zu genießen, weil es sonnenklar ist, daß ihr euch liebt. Es ist etwas ganz Sonderbares: es liegt gar nicht daran, was einer von euch sagt oder tut, nicht mal, wie ihr euch anschaut, es ist irgendwas zwischen euch, was Ungreifbares, aber Sichtbares. Wie Ektoplasma, o nein, das klingt nicht schön. Wie ein Regenbogen. Ja, das ist es. Ein Regenbogen zwischen dir und ihm, mit einem Topf voll Gold am Ende, wie im Sprichwort, nein, an beiden Enden, weil jeder zugleich gibt und nimmt.«

Nach einem Schweigen sagte Tante Ellen leise und sanft: »Ich danke dir.«

Etwas erstaunt über die eigene Beredsamkeit, aber froh, daß sie nichts zurückgehalten hatte, sagte Judy: »Ich hab noch nie zwei Verliebte gesehen, deswegen ist es so mit mir durchgegangen. Ich war schon so weit, die Liebe für ein Märchen zu halten, wie den Nikolaus, ich meine das ganze Zeug mit du sollst Vater und Mutter verlassen und bis daß der Tod uns scheidet und so. Überall nur langweilige Ehen und das Bett.« Dann besann sie sich darauf, daß Tante Ellen und Mr. Forde erwachsene Menschen waren, und ergänzte hastig: »Gewiß, ich meine, das mit dem Bett ist sicher wundervoll, aber doch irgendwie nicht alles. Eigentlich kann ich noch nicht aus eigener Erfahrung sprechen.«

»Es wird dich überraschen: ich auch nicht«, sagte Tante Ellen und sah amüsiert aus. »Ich bin in dieser Hinsicht sehr konventionell erzogen, und in Knockaulin fehlte es sowohl an Gelegenheit wie auch an Versuchungen. Es ist wohl kaum der Mühe wert, jetzt meine Erziehung zu verleugnen.«

»Bestimmt werden so deine Flitterwochen viel aufregender.« Sie hatte immer gewußt, daß man mit Tante Ellen reden konnte, ohne vorher seine Gedanken zu zensieren. »Du wirst eine Brautjungfer brauchen.« Dann fiel ihr ein, daß Mr. Forde eine Tochter hatte. »Oder auch mehrere.«

»Aber du wirst ja gehört haben, daß ich zunächst mal einen Bräutigam brauche, stimmt's?«

»So heißt es. Also, wenn es dir gelingt, einen an Land zu ziehen, denk an mich«, sagte Judy zuversichtlich. »Wenn nämlich Mutter erst mal vor vollendeten Tatsachen steht, wird sie an nichts anderes mehr denken, als eine gute Figur zu machen und das Gesicht der Familie zu wahren.«

Tante Ellen sagte rasch: »Das ist unfair, Judy. Deine Mutter würde es auch um meinetwillen tun.«

Also war Tante Ellen doch das eine Bißchen zu wohlwollend, um eine wirklich erstklassige Psychologin zu sein.

»Einen krasseren Fall von Heldinnen-Verehrung wird man selten finden! Ich nahm an, Judy hätte dieses Stadium hinter sich!«

Mutter klang amüsiert, nicht ärgerlich. Herablassend amüsiert.

Vater fragte leicht gelangweilt: »Meinst du, das unterbinden zu müssen? Du weißt, das wird nicht leicht sein.«

»Nein, nein, keinesfalls. Judy kann es nicht schaden und im übrigen nur nützen.«

»Bist du immer noch auf diesem Holzweg? Wirklich, Bea, ich kann mir nicht vorstellen, was das Kind an Ellen findet. Ich habe mich verdammt schwer mit ihr getan, solange sie hier war.«

»Das weiß ich und kann es dir nachfühlen. Aber du mußt bedenken, in Judys Augen ist sie eine Hälfte eines Liebespaares, dem wir nicht besonders grün sind. Mittlerweile hast du doch sicher gemerkt, daß die jungen Leute sich sofort an jemand anschließen, wenn sie den Eltern damit eins auswischen können!«

Judy entfernte sich auf Zehenspitzen von der halb offenen Wohnzimmertür. Da auch sie nicht vollkommen war, lauschte sie gelegentlich an Türen, wie alle Mitglieder ihrer Familie. Daß der Horcher an der Wand nichts Gutes über sich hört, stimmte, aber in dieser Familie hörte man nie Gutes über andere.

Diese Leutchen waren einfach unfähig, Tante Ellen zu verstehen. Judy verstand Tante Ellen. So blöd war sie nicht mehr, um wie einige Mädchen in ihrer Schule idiotisch für die jeweils beliebteste Lehrerin zu schwärmen. Nein, sie war eben im Moment lieber mit Tante Ellen zusammen als mit jemand anders.

Das einzig Ungute an Dunhaven war Jassy. Die war wahnsinnig eifersüchtig auf Tante Ellen, obwohl sie ihr Bestes tat, es zu verbergen. Sie kritisierte Tante Ellen nicht offen, sie machte nur indirekte Ausfälle. Immer wieder erwähnte sie ganz nebenbei, wie schön, elegant und geistreich die vielen Frauen gewesen seien, die ihr Vater gekannt hatte. (Sehr taktvoll war das nicht von ihr, aber sie brachte es irgendwie fertig, daß man das erst hinterher merkte.) Es habe ja wohl niemand von Lewis (für Jassy hieß er jetzt immer Lewis) verlangen können, daß er all die Jahre enthaltsam lebte. Doch gewiß nicht die vernünftige Tante Ellen? Auf diese Reihe bezaubernder Geschöpfe schien Jassy aber nicht eifersüchtig zu sein. Natürlich nicht. Das waren ja nur Frauen fürs Bett gewesen. Was sie rasend machte, war, daß Tante Ellen nicht nur seinen Körper, sondern auch sein Herz und seine Seele besitzen würde.

Unwillkürlich fühlte Judy Mitleid mit ihr. (Hätte

Jassy es mitbekommen, sie wäre in die Luft gegangen.) Jassy liebte ihren Vater abgöttisch, und er war stolz auf sie und auch, dachte Judy, stolz darauf, derart angebetet zu werden. Es konnte daher nur Unbehagen über diesen Vaterkomplex der Tochter sein, was ihn von einem offen ausgesprochenen Heiratsantrag zurückhielt. Wie die Dinge sich entwickelten, konnte er ihn nicht sehr viel länger aufschieben, obwohl Jassy weiterhin betont so tat, als habe sie nicht die geringste Ahnung, daß sie dabei war, Stieftochter zu werden. Und zwar eine recht widerliche, falls man ihr gestattete, zu bleiben und nach Möglichkeit alles zu verderben.

Man würde sie wegschaffen müssen, weit weg von Mr. und Mrs. Lewis Forde, irgendwohin, und ihr klarmachen, nun würde es Zeit, sich um ihren eigenen Kram zu kümmern.

Judy ging ihr nach Möglichkeit aus dem Weg. In Gegenwart von Tante Ellen und Lewis war Jassy immer lieb und reizend, waren sie miteinander allein, gingen sie umeinander herum wie vorsichtige Fechter vor dem ersten Ausfall. Judy hoffte, der käme nie, sie war keineswegs sicher, diesem diamanthellen, diamantharten Mädchen standhalten zu können.

Eines Abends hatte Tante Ellen sie allesamt zum Essen eingeladen. Lewis verbrachte jetzt viel Zeit in Nummer Sieben. Er aß auch oft dort. Tante Ellen war nur eine passable Köchin, doch würde er es bei ihr immer noch besser haben als bei Jassy. Jassy gab offen zu, sie hasse jede Hausarbeit, weshalb die Wohnräume des »Alten Kuriositätenladens« nicht nur trostlos waren, sondern auch immer staubig.

Selbst wenn Lewis nicht verliebt gewesen wäre, das Gesetz der Schwerkraft hätte ihn nach Nummer Sieben getrieben, wie jeden Mann in einem Alter, in dem das Behagen wichtig wird.

An diesem Abend hatte der Regenbogen zwischen

den beiden besonders hell gestrahlt. Als die Mädchen gemeinsam das Haus verließen, merkte Judy, daß Jassys Nerven zum Zerreißen gespannt waren. Sie hielt sich ganz steif, wie um nicht zu zittern. Judy versuchte ein gleichgültiges Gespräch, doch schien jedes Wort sie noch mehr zu reizen.

»Wiedersehn!« sagte Judy hastig und entwich dankbar in Richtung Main Street, um den Autobus zu nehmen.

Jassy kam hinter ihr her. »Ihre Tante ist eine begeisterte Köchin, was?«

Wieviel Begeisterung gehörte schon zu einer gebratenen Hammelkeule und gekauftem Apfelkuchen? Judy sagte: »Ach herrje, hoffentlich verpasse ich meinen Bus nicht.«

»Das war ja wohl ein typisch irisches Essen? Natürlich. Ihre Tante ist ja auch typisch irisch«, sagte die sanfte, verhaßte Stimme.

Judy lachte fröhlich.

»Ja, das ist sie. Und ich bin auch Irin. Ich weiß nicht, was Sie mit typisch meinen. Ich glaube, Sie sind noch nicht lange genug in Irland, um das zu beurteilen.«

»Durchaus lange genug.«

»Du liebe Zeit, ich würde mir nicht anmaßen, die Afrikaner nach ein paar Monaten Sambia oder sonstwo zu beurteilen.«

»Simbabwe.«

An der Bushaltestelle war kein Mensch. Ach, Bus, komm schnell!

Jassy hatte ein ganz bestimmtes Lächeln, ein spöttisch-überlegenes, bei dem sich Judy vorkam wie eine Zehnjährige mit Knubbelknien, knubbeligen Handgelenken und einem Kugelbäuchlein. Eben jetzt lächelte sie dieses Lächeln.

Judy wollte nur eins: weg! Sie plapperte irgend etwas, was ihr gerade durch den Kopf fuhr.

»Ach so, natürlich. Ich bringe diese Länder immer durcheinander, auch weil sie anscheinend dauernd die Namen wechseln, dadurch wird es noch komplizierter. Aber vermutlich ist das sowieso ziemlich Jacke wie Hose, wie?«

»Sie und Ihre Tante kennen wohl wenig außerhalb Ihres Landkreises? Sie sind nicht nur Provinzler, sondern Spießer.«

So, da war er endlich, der direkte Ausfall gegen Tante Ellen. Eben bog der Bus um die Ecke. Judy ließ ihn davonfahren. Sie wollte jetzt nicht weglaufen.

»Sie haben's gerade nötig, wo Sie Ihr Leben im finstersten Afrika verbracht haben! Außerdem irren Sie sich gewaltig. Tante Ellen wird bald eine Weltreise machen –« (jawohl, mit deinem Vater, Jassy Forde!) »– und ich bin auch schon weit herumgekommen. Nächstes Jahr geh ich nach Paris. Und London kenn ich natürlich sowieso.«

Jassy war puterrot vor Zorn, sie sah jetzt nicht mehr überlegen und weltgewandt aus. Die beiden glichen zwei Zehnjährigen, die sich in die Haare geraten.

»Und waren dabei mit Ihrer Mutter in der Oxford Street einkaufen und haben im Regent's Palace gewohnt. Ich weiß doch, was Leute wie Sie unter ›London‹ verstehen!«

Ihre Augen sprühten blaue Funken wie ein elektrischer Lötkolben. Judy gab den Blick trotzig zurück.

»Was ist verkehrt an der Oxford Street oder an dem Hotel? Wo haben Sie denn gewohnt in der kurzen Zeit, die Sie überhaupt dort waren, das wüßte ich gern. Im Ritz?«

»Jawohl, und im Dorchester und im Mayfair und im Berkeley. Und wir haben in Lokalen gegessen wie dem Mirabelle, während Sie sich in irgendeinem Selbstbedienungstrog was reingestopft haben.«

Jassy sah aus, als würde sie Judy nun gleich an den

Haaren packen. Judy trat vorsichtshalber einen Schritt zurück.

Jassy sagte heiser: »Ich habe in Rom, in Paris, Hamburg und New York gelebt, in allen Städten, die sich überhaupt lohnen und die für Sie nichts sind als Orte aus der Erdkundestunde einer Klosterschule. Mein Gott, ich kann dieses gottverlassene Nest mit Leuten wie Ihnen und Ihrer Tante nicht mehr lange aushalten.«

Sie stieß ein ungewohntes Lachen aus, es klang fast wie ein Aufschrei. »Die gräßlichste Person, die ich je auszustehen hatte, war eine Mrs. Weston in Prestwich, Inhaberin des Weltrekords im Printenbacken. Und jetzt lebe ich im trauten Verein mit ihrem leibhaftigen Ebenbild!«

Um eine Beleidigung voll zurückgeben zu können, muß man sie verstehen. Judy fragte: »Was sind Printen?«

Schlagartig war bei Jassy der elektrische Strom ausgeschaltet. Ihre Wimpern senkten sich. Sie erstarrte. Sie schien nicht einmal mehr zu atmen. Dann wurde sie wieder lebendig.

»Sie sind schon eine komische Nudel. Printen sind – eine Spezialität von Lancashire, glaube ich, aber ich war nie im Norden.« Sie zuckte die Achseln. »Und auch nicht in Rom oder Hamburg oder sonstwo, das wissen Sie verdammt genau. Hören Sie, ich muß mich wirklich entschuldigen, ich war idiotisch ungezogen gegen Ihre Tante, sie ist ein großartiger Mensch, aber mir ist sonst nichts eingefallen, um Ihnen heimzuzahlen, daß Sie mich wegen Afrika auf den Arm genommen haben.«

Judys Erinnerungen an die Reihenfolge der Beleidigungen stimmte mit Jassys nicht überein, doch sie nahm den gebotenen Waffenstillstand an.

»In Wirklichkeit beneide ich Sie, weil Sie in Afrika

waren. Das wundervolle Klima und alles so aufregend.«

»Sie und ich müssen uns in acht nehmen: wir haben beide die Art Temperament, daß wir alles und jedes benutzen, um dem anderen eins zu versetzen, wenn wir mal in Fahrt sind.«

Jassys Gleichgewicht war wiederhergestellt. Aber sie war sehr blaß.

»Bei mir paß ich üblicherweise besser auf. Ich weiß, es ist meine Achillesferse.«

All das geschah in den Tagen, ehe Desmond und Owen Judy von Jassy befreiten, indem sie das fürchterliche Mädchen gänzlich mit Beschlag belegten. Von da an lag nicht mehr die kleinste Wolke auf der Beziehung zwischen Judy, Tante Ellen und Lewis.

Achtes Kapitel

Bei Beas seltenen Besuchen, die sie jetzt Nummer Sieben abstattete, legte sie es darauf an zu zeigen, daß sie eventuelle frühere Absichten, Ellens Privatleben nachzuspionieren und sich einzumischen, fallengelassen hatte. Sie brauchte nicht mehr zu spionieren: ihr häuslicher Geheimdienst machte das viel besser, als sie es je gekonnt hätte.

Sie sammelte emsig alle Schnipsel Information, die einzeln wenig bedeuteten, gehäuft aber nachdenklich stimmten.

Von Desmond erfuhr sie dann etwas von einschneidender Bedeutung. Sie erzählte es Tom.

»Desmond hat gestern seine Polaroidkamera nach Dunhaven mitgenommen und dabei festgestellt, daß Miss Forde eine unüberwindliche Abneigung gegen das Fotografiertwerden hat. Es scheint ein afrikanisches Voodoo zu geben, wonach der, der ein Bild von einem aufnimmt, Macht über einen bekommt.«

Toms lästiger Ehrenkodex kam ihm wieder mal in die Quere. Kurz angebunden sagte er: »Ja, den Aberglauben gibt es.«

»Und die ängstliche kleine Jassy würde natürlich nicht mal unter einer Leiter durchgehen! Sie wollte auch nicht zulassen, daß ihr Daddy so einem schlimmen Zauber verfällt. Also wirklich, Tom, du übertreibst deine Drei-Affen-Methode ›Nichts sehen, nichts hören, nichts weitersagen‹! Ich bin überzeugt, das ist auch der Grund, warum der Polizeichef uns nicht so weiterhilft, wie er könnte.«

»Er hat mir eine Detektei empfohlen, und nur darum hatte ich ihn gebeten. Er versteht vollkommen, daß wir gern mehr wüßten über den Mann, den unsere Schwester zu heiraten gedenkt, doch das ist unsere Sache und nicht seine.«

Bea preßte die Lippen zusammen. Sie wurden zu einem schmalen, harten Strich.

Am gleichen Abend kabbelten sich Judy und Desmond beim Abendessen. Der arme verblendete Desmond konnte es nicht lassen, das Wunder Jassy Forde vor Judy herauszustreichen, obwohl die das Mädchen sichtlich nicht ausstehen konnte. Judy war sonst ein duldsames Wesen, aber an diesem Abend fühlte sie sich nicht wohl und konnte schließlich nicht mehr an sich halten.

»Also ich muß dir sagen, mich amüsiert ihre Vornehmtuerei höchstens.«

Desmond lächelte provozierend. »Im Gegenteil, dadurch unterscheidet Jassy sich von anderen Mädchen: so was hat sie nicht nötig.«

»Ach, wirklich, sieh mal an!«

Mit einem Augenzwinkern gebot Bea Denis zu schweigen und lauschte begierig der weiteren Debatte, die erst endete, als Judy verlegen murmelte: »Entschuldige, ich bin heute boshaft. Ich gebe zu, daß sie wunderhübsch ist« und Desmond mit noch provozierenderem Lächeln entgegnete: »Du bist nicht die einzige, die aus Eifersucht auf Jassy boshaft wird.«

Und damit hätte beinahe alles von vorn angefangen.

Gleich nach dem Essen rief Bea bei Tom an. Der war schlechter Laune.

»Meine liebe Bea, wenn die Fordes wirklich in den Hauptstädten Europas in Fünfsterne-Hotels gewohnt haben, so paßt das nicht zu ihrer Geschichte. Aber der springende Punkt ist das Wörtchen ›wenn‹. Du hast selbst gesagt, das Forde-Mädel habe zugegeben, es sei nichts als Angeberei gewesen. Nur deswegen hat Judy es doch gegen Desmond ins Treffen geführt.«

Bea blieb ruhig und vernünftig. Das konnte sie sich leisten.

»Deine Kombination ist nicht sehr intelligent. Wenn du Jassys Szenarium als Ganzes betrachtest – was du offenbar nicht getan hast –, wirst du mir recht geben, daß nur ein einziger Punkt ihm den Stempel der Wahrheit verleiht.«

Sie freute sich auf das, was sie gleich sagen würde.

»Jassy Forde mag sich ein kosmopolitisches *dolce vita* zusammenphantasieren, um bei Judy Eindruck zu schinden, aber die printenbackende Mrs. Weston aus Prestwich paßt nicht in diesen glanzvollen Rahmen!«

Er setzte zum Sprechen an, verstummte und sagte schließlich: »Es geht mir gegen den Strich, daß Judy dazu benutzt werden soll, das Mädel über seinen Vater auszuhorchen.«

»Ah, du gibst also zu, daß es da etwas auszuhorchen gibt?«

»Das weiß ich nicht.«

»Du steckst den Kopf in den Sand. Wenn du deine Abneigung gegen die Methode überwinden und dich auf Tatsachen beschränken könntest: Nimm diese neuerliche Enthüllung zu der Angst der Fordes, fotografiert zu werden, was fällt dir dann ein?«

»Leider bin ich in Intrigen nicht so erfahren wie du.«

»Mir sind schon eine ganze Weile Zweifel an diesem Afrika-Märchen gekommen. Jetzt haben wir den entscheidenden Anhaltspunkt dafür, daß in Wirklichkeit England die Ausgangsbasis dieser Fordes ist. Tom, ich bin fest überzeugt, daß dieser Lewis Forde ein Betrüger ist, der sich hier versteckt hält.«

»Ist das nicht eine recht schwerwiegende Anschuldigung?«

»Finde ich nicht. Wir hätten gerade noch Zeit, Ellen zu retten, aber wir müssen rasch handeln. Wenn wir in puncto ›Versteckthalten‹ recht haben, würde das bedeuten, daß er bei seinen Betrügereien nicht immer ungeschoren davongekommen ist. Und das wiederum bedeutet, daß er in England gesucht wird und seine Fingerabdrücke registriert sind. Was die Dinge wesentlich vereinfacht. Ich bin sicher, einem Freund zuliebe würde dein Polizeichef stillschweigend ein übriges tun.«

»Ich werde darüber nachdenken.«

Am nächsten Tag fuhr Bea nach Dunhaven. Sie kaufte bei Lewis Forde eine Aufschnittplatte aus Teakholz, bat ihn, sie in Seidenpapier und eine Schachtel zu verpacken und trug sie so sorgfältig zu Nummer Sieben hinüber, als sei es Eierschalenporzellan.

»Ich hab mir gerade eine Tasse Tee genehmigt«, sagte Ellen.

»Ach ja, Tee wäre schön.«

In einer ungewohnt zärtlichen Aufwallung küßte sie Ellen.

»Alice sucht was, das zu ihrem dänischen Besteck paßt. Und schau – hab ich nicht Glück? Das hab ich nebenan gefunden.« Sie stellte die Schachtel auf den Tisch und betrachtete sie zufrieden. »Hoffentlich ist es genau das, was sie braucht.«

»Entschuldige, ich will mich gewiß nicht einmischen«, sagte Lewis, »aber ich gestehe, ich bin einigermaßen neugierig auf deine Beweggründe, Ellens beide Neffen gleichzeitig vor deinen Wagen zu spannen.«

»Einfach, weil es Spaß macht, mit zwei beutegierigen Jungwölfen aus der O'Sullivanschen Sippe zu spielen und ihnen nicht zu erlauben, Beute zu machen.«

Er sah sie erstaunt und ungläubig an.

»Für Mädchen, die so ein Spiel spielen, gibt es einen Ausdruck. Er ist nicht hübsch.«

Jassy gab ihm den Blick ungerührt zurück.

»Du spielst so ziemlich das gleiche Spiel mit einer Wölfin aus dem gleichen Rudel.«

So deutlich hatte sie ihre Abneigung gegen Ellen lange nicht erkennen lassen. Daß sie sich beherrschen mußte und die Gründe dafür unausgesprochen blieben, weil sie selbst sie für unakzeptabel hielt, hatte die Abneigung fast bis zum Haß gesteigert. Es tat wunderbar wohl, den aufgestauten Emotionen freien Lauf zu lassen, aber als er sich ein paar Schritte von ihr entfernte, hielt sie doch den Atem an.

Er machte kehrt und trat wieder zu ihr.

»Meine liebe Jassy, was auch immer geschieht, wir bedeuten einander zu viel, um etwas zwischen uns treten zu lassen. Du hast gesagt, dieser Ort sei nicht gut für mich. Das gilt auch für dich. So lange hier hocken zu bleiben war nicht fair.«

Alles war gut, selbstverständlich war alles gut. So wie früher. Sie beide gegen die ganze Welt. Beinahe fröhlich sagte sie: »Unfair ist nur eins, und das hab ich dir schon gesagt: deine neumodische Idee, deine Zukunftspläne allein auszuarbeiten.«

»Es gab da etwas, über das ich allein nachdenken mußte und das mir erst jetzt klargeworden ist.« Mit undurchsichtiger Miene sagte er: »Morgen werde ich handeln. Gleich darauf verlassen wir Dunhaven, ich verspreche es dir.«

»Auch wenn es nicht klappt?«

So schön es wäre, einen Haufen Geld von dieser dummen Kuh einzustreichen und damit neu anzufangen, sie wußte instinktiv, das Allerwichtigste war das Wegkommen.

»Wir können uns wirklich nicht leisten, noch mehr unproduktive Zeit auf diese O'Sullivan-Sache zu verschwenden, und wenn sie noch so verlockend ist. Wir müssen unsere Verluste klein halten, sonst sitzen wir bald auf dem trocknen.«

»Es wird klappen. Wenn es zur Entscheidung kommt, ist es nur gut, weil ich dann endlich Farbe bekennen muß. Entschuldige die dumme Geheimniskrämerei. Ich kann dir nur noch einmal sagen: du hättest mir nicht helfen können –«, er stockte – »selbst wenn du gewollt hättest.« Wieder stockte er. »Meine teure Tochter, du wirst dich hoffentlich auch mir gegenüber immer um Fairneß bemühen, oder?«

Am nächsten Morgen bat Lewis Ellen, ihn zu einer Auktion in einem alten Herrenhaus fünfzehn Kilometer außerhalb der Stadt zu begleiten.

»Ich möchte dir vorführen, was für ein Experte ich bin«, sagte er.

»Du könntest kaum jemand finden, der auf diesem Gebiet weniger weiß als ich.«

»Du wirst bald merken, daß du für mein Vorhaben vollkommen genug weißt.«

Coola House war einst der Mittelpunkt der ganzen Gegend gewesen. Nun man es all seiner kleinen Täuschungsmanöver entkleidet hatte – dem vor den feuchten Fleck an der Wand gerückten Sofa, dem Schreibtisch, der die abblätternde Tapete verdecken sollte, dem Loch in der Diele, das mit dem Deckel einer Keksdose unter dem fadenscheinigen Perser zugedeckt war –, schien es drauf und dran, noch vor dem Eintreffen der Abbruchkommandos zu zerfallen. Ein paar gute Stücke unter dem wurmstichigen Mobiliar und eine sehr beachtliche Sammlung Altsilber und Geschirr hatten Händler und auch die üblichen von Neugier getriebenen Gaffer angelockt. Die drei ältlichen unverheirateten Töchter des Vizeadmirals, dessen Pension mit ihm erloschen war, gespensterten zwischen allem herum.

Beim Anblick der Familienporträts in der Halle, alle rissig, nachgedunkelt und düster drohend, bemerkte Lewis: »Die müssen sich ja bei dieser Masse Möbel im Grab herumdrehen. Ganz zu schweigen von den Gefühlen derer, die noch nicht im Grab liegen.« Eine der Töchter hatte eben mitangesehen, wie ein Handarbeitskästchen – wohl das ihrer Mutter? – für geringes Entgelt zugeschlagen worden war.

»Die armen Frauenzimmer haben keine Zukunft, ihre Gegenwart ist ihre Vergangenheit, und es dürfte ihnen ab jetzt schwerfallen, sie lebendig zu halten, nachdem ihnen Fremde alle Erinnerungsstücke genommen haben.«

»Deine Auffassung vom Winter des Lebens läßt einen hoffen, ihm zu entgehen, aber die Alternative wäre auch nicht besonders erfreulich.«

Sie sah ihn fest an.

»Vielleicht gehören wir, du und ich, zu den Menschen, die das Leben nehmen, wie es kommt, ohne rückwärts zu schauen, und können bis ans Ende so weitermachen?«

Er erwiderte ihren Blick ebenso fest.

»Du bist also für das ›Lasset die Toten ihre Toten begraben‹?«

»Ja, Lewis.«

»Wenn wir zurück sind, möchte ich mit dir reden. Können wir dann zu dir gehen und die Tür des Hauses vor der Welt zumachen, bis ich alles gesagt habe? Ich habe so lange gebraucht, mich dazu durchzuringen, wer weiß, wann ich wieder aufhöre, wenn ich erst einmal in Fahrt bin.«

Vom Strom der dem Auktionator folgenden Menschen wurden sie ins Eßzimmer hinübergedrängt.

»Die Ahnen sind billig weggegangen. Da hatte ich keine Gelegenheit, dir mit meinem Fachwissen zu imponieren, denn sogar du, liebe Ellen, hast gemerkt, daß es keine alten Meister waren. Der Kerl mit dem Doppelkinn und den drei Hunden hätte mir gut gefallen. Aber jetzt geben Sie acht, Miss O'Sullivan, jetzt lege ich los. Das da ist ein hübsches Stück, aber was genau ist es? Für Tee und Kaffee hat es die falsche Form, also muß es –«

Eines der Gespenster raunte ihm zu: »Es ist eine Schokoladekanne.«

»Oh, vielen Dank. Und dort drüben steht eine ausgefallene Vase.«

»Ein Glas für Selleriestengel.«

Das Gespenst huschte davon.

»Der Katalog«, sagte Ellen, »hilft einem auch weiter.«

»Ich lehne es ab, ihn zu konsultieren. Mit einem Katalog kann jeder Fachmann spielen. Schau mal das Dingsda auf dem Buffett, das ist aber schwer einzuordnen.«

Der Auktionator bat um Ruhe.

»Vielleicht könnten wir uns drücken, nur wir beiden, und in die Bibliothek schleichen und nach weiteren undeutbaren *objets d'art* suchen?«

»Also, die Dinger, die du dort siehst, die aus Blättern bedruckten Papiers zusammengebunden sind, die nennt man Bücher.«

»Aha. Dann brauchen wir ja gar nicht erst in die Bibliothek?«

»Wirklich nicht?«

»Und auch nicht länger hier herumzutrödeln.«

»Nein. Du hast ja erledigt, wozu du hergekommen bist.«

»Du liebe, unverulkbare Ellen, du hast ja nicht mal gefragt, was es war.«

Ruhig sagte sie: »Du wirst es mir sagen, wenn du es für richtig hältst.«

Auf dem Heimweg war sie schweigsam. Lewis pfiff, sang und schwatzte, ohne eine Antwort zu erwarten.

»Hoppla, die Kurve zu eng genommen, entschuldige. Ich fahre wie ein Betrunkener. Und ich quatsche auch wie ein Betrunkener. Das ist nur, weil es gleich losgeht. Da ist alles drin: Heidenangst und Heiterkeit.«

Als sie Dunhaven erreichten, fuhr er langsamer.

»Ellen, darf ich nachher, wenn wir uns in deinem Haus eingeschlossen haben, ganz weit ausholen und bis zum Ende erzählen, ohne daß du mich unterbrichst? Bitte? Danach hast du dann das Wort.«

Sie bogen in ihre Straße ein. Vor Ellens Haus stand ein Stadttaxi. Daneben Judy. Sie kam auf sie zugelaufen, als der Wagen hielt.

»Gott sei Dank, daß ihr da seid. Jassy wußte nicht, wie lange ihr fort sein würdet.«

Ihre Wangen waren flammend rot, ihre Stimme klang schrill.

»Bitte, Tante Ellen, zahlst du das Taxi? Es wird wahnsinnig viel kosten, aber ich mußte es nehmen, ich mußte einfach.«

»Selbstverständlich, Liebes.«

Ellen reichte ihr den Hausschlüssel.

»Geh schon mal hinein. Ich komm gleich nach.«

Judy fummelte wie blind an dem Schloß herum. Lewis nahm ihr sanft den Schlüssel aus der Hand und ließ sie ein. Sie schoß an ihm vorbei, machte kehrt und stellte sich wie ein Posten in die Haustür.

»Aha, da kommt ja Ihre Tante schon. Ein Fels in der Brandung, wie immer.«

Zu Ellen sagte er leise: »Was auch passiert ist, wenn ich irgendwie helfen kann – ich bin da.« Und dann fröhlich zu Judy: »Also dann bis nachher.«

»Ja. Nein. Gehen Sie nicht!«

Judys weit aufgerissene Augen flirrten unsicher zwischen ihm und Ellen hin und her.

»Eigentlich wollte ich es Tante Ellen erst mal allein sagen, aber womöglich verlieren wir dadurch zu viel Zeit. Wir wissen nämlich nicht, wieviel Zeit Ihnen bleibt, Lewis. Aber ich kann es nicht aushalten, daß sie es hört, wenn Sie dabei sind.«

»Wäre es nicht am einfachsten, wenn wir zwei erst mal über das reden, was dich aufregt?«

Ellen nahm sie beim Arm. »Und wenn wir finden, es wäre vernünftig, Lewis einzuweihen, können wir ihn holen.«

Judy riß sich los.

»Du begreifst nicht! So was Schreckliches kann man gar nicht begreifen. Ich weiß nicht, wie du es aufnehmen wirst, aber ich glaube, du möchtest sicher nicht – o nein, bestimmt nicht – denn er würde es selbst nicht wollen. Ich meine, als ich es hörte, habe ich natürlich zu allererst an dich gedacht, aber dann auch an ihn.«

Sie starrte in unverhohlenem Entsetzen auf Lewis. »Sie müssen schauen, daß Sie wegkommen. Die haben rausgekriegt, wer Sie sind. Sie werden Sie holen kommen.« Ihre Stimme wurde schrill. »O bitte, beeilen Sie sich.«

Mit einem kurzen freudlosen Lachen tat Lewis zwei schwungvolle Schritte in Richtung Haustür.

»Das ist ja wirklich ein verteufelt blödes Zusammentreffen. Gerade sollte Ellen von mir erfahren, wer ich bin.«

Ellen nahm Judy wieder ganz fest am Arm.

»Würdest du bitte mit uns hineinkommen, Lewis.«

Im Wohnzimmer trat Lewis ans Fenster und wandte ihnen den Rücken zu. Ellen drückte Judy in einen Stuhl und setzte sich.

»Anscheinend bin ich die einzige, die nicht weiß, um was es hier geht.«

Judy drehte an ihren Fingern und warf einen unglücklichen Blick auf Lewis' Rücken.

»Vielleicht sagt er es dir lieber selber? Er hat doch behauptet, daß er gerade drauf und dran war.«

Lewis sagte: »So gern ich Ihnen diese unangenehme

Arbeit ersparen möchte, Judy, Ihnen ist sicher klar, daß schon wegen der Glaubhaftigkeit Ihr Bericht unbedingten Vorrang hat.«

»Meinen Sie? Ja, ich glaube auch. Ich fürchte, es wird ein entsetzlicher Schock werden, Tante Ellen.«

Mit einem Anflug von grimmigem Humor sagte Ellen: »Man kann wenigstens nicht behaupten, daß ihr mir die Sache nicht stückweise versetzt.«

Wieder warf Judy einen Blick auf Lewis und zögerte. Dann faltete sie die Hände im Schoß und blickte auf sie nieder.

»Also, ich habe folgendes gehört. Unterbrechen Sie mich sofort, wenn etwas nicht stimmt, Lewis. Lewis' wahrer Name ist Laurence Fenton. Er war wegen Betrug im Gefängnis. Er ist ausgebrochen.«

Sie schluckte krampfhaft. Lewis sagte: »Bis hierhin stimmt es.« Judy schluckte wieder und fuhr fort.

»Gestern abend habe ich sie belauscht – das heißt meine Mutter und meinen Vater und Onkel Tom – und habe gehört, wie sie über Sie beide geredet haben. Sie haben gesagt, daß Sie natürlich nicht wirklich vorhaben, Tante Ellen zu heiraten – o Tante Ellen, das muß ja gräßlich für dich sein.«

»Das spielt jetzt keine Rolle, sei brav und erzähl weiter.«

»Ja. Er käme ganz leicht an dein Geld, einfach indem er sich mit dir verlobt und dich überredet, es ihm zum Investieren zu überlassen, und dann würde er damit durchgehen. Natürlich habe ich kein Wort geglaubt. Ich habe die ganze Nacht nicht geschlafen und immer daran gedacht, wie gemein sie sind. Und heute morgen hat der Polizeichef – das ist ein Freund von Onkel Tom – angerufen, und wie sie alle ins Arbeitszimmer sind, hab ich ein paar Worte mitgekriegt, aus denen ich merkte, daß sie vorhaben, euch auseinanderzubringen. Deshalb hab ich dann an der Tür gehorcht.« Sie öffnete ihre Hände und verkrampfte sie aufs neue. »Onkel Tom hat dem Polizeichef einen Teller mit Lewis' Fingerabdrücken drauf gegeben und der hat sie von Scotland Yard überprüfen lassen.«

Lewis machte leise »Aah« und wandte sich vom Fenster ab.

»Ein Auslieferungsbefehl ist schon da. Man wird Lewis verhaften und zwei englischen Kriminalbeamten übergeben. Wann, weiß ich nicht, aber alle Fluchtwege, Schiffe und Flugzeuge werden schon überwacht. Dich wollen sie erst mal aus dem Weg haben, Tante Ellen. Sie fürchten –«, jetzt wurde ihr Ton bitter – »du könntest dich, wenn man ihn bei dir verhaftet, so aufführen, daß es der Familie Schande macht. Davor haben sie eine irre Angst. Sie denken sich was aus, um dich wegzulocken.«

Judy hob den Blick. »Das ist alles. Ich bin sofort hergefahren, weil ich weiß, du wärst lieber vorbereitet. Und weil du vielleicht Lewis noch die Chance lassen möchtest wegzukommen. Wenn es noch eine gibt. Schließlich«, sagte sie tonlos, »ist er doch kein Mörder. Hilft es dir, wenn ich bei dir bleibe? Ich bleibe hier, so lange du mich brauchst.«

Ellen, die mit gerunzelter Stirn ins Leere starrte, antwortete nicht.

»Tante Ellen, hörst du überhaupt zu?«

Ellen blinzelte. »Ich denke nach. Es gibt jetzt viel nachzudenken.«

Lewis sagte: »Könnten wir einen Moment allein sein, Ellen?«

Sie nickte, Judy sah zweifelnd von einem zum anderen und blieb sitzen.

Ellen sagte: »Liebling, geh und mach dir eine Tasse Kaffee, ja?«

Widerstrebend erhob sich Judy. Lewis öffnete ihr die Tür.

»Es überrascht mich nicht, daß Sie mich nicht gern mit Ihrer Tante allein lassen, aber was kann ich ihr schon antun – jetzt? Und danke, Judy, für Ihren Mut und Ihr gutes Herz.«

Judy trottete niedergeschlagen zur Tür.

»Ich glaube, ich werde nie wieder jemand trauen.« Sie drückte den Handrücken auf den Mund. »Komisch, ich hab Sie sehr gern gehabt. Wirklich.«

»Ich liebe dich, Ellen. Wenigstens das mußt du mir glauben.«

»Aber ja, klar lieben wir uns. Aber wir haben jetzt keine Zeit für überflüssige Reden. Du solltest was unternehmen.«

»Ellen, liebe Ellen. Danke, Liebste. Ich fürchte, was ich mit der restlichen Zeit anfange, ändert nichts mehr.«

»Himmel, gib mir Geduld! Du mit der Gerissenheit, die du doch sicherlich hast, wirst mir doch nicht weismachen wollen, daß du dastehen und Reden halten wirst, bis sie dich holen kommen?«

»O Ellen! Keine Frau außer dir könnte einen Mann, der in der Falle sitzt, zum Lachen bringen. Ist das alles, was dich bekümmert? Daß ich umzingelt bin?«

»Ich vergesse ja nicht, was du mir sonst noch an Beunruhigungen beschert hast, aber damit werde ich mich später herumschlagen.«

»Es gibt einiges, was zwischen uns nicht ungesagt bleiben darf, Ellen. Möchtest du mir wenigstens glauben, daß ich dir heute die Wahrheit habe sagen wollen?«

»An deinem Theater auf der Auktion hab ich gemerkt, worauf du hinauswillst. So begreif doch: ich habe seit langem erraten, daß du mir eine Menge verheimlichst. Es waren einfach *zu* viele Löwen und Tiger! Jemand, der einen liebt, kann man schwer was vormachen, Lewis. Aber daß es etwas so Schlimmes ist, hätte ich mir nicht träumen lassen.«

»Ich habe mir schon seit langem gewünscht, offen gegen dich sein zu dürfen, aber es war zu riskant.«

»Was war daran riskant? Du wußtest doch, daß ich dich liebe.«

»Das schon, aber ich wußte auch, daß du Lewis Forde liebst.«

»Ob Lewis Forde oder Laurence Fenton – ist das nicht egal? Ich hatte mich in einen Menschen aus Fleisch und Blut verliebt, mit seinen guten und schlechten Seiten und nicht in eine Idealgestalt. Du warst ein Idiot, es auf die lange Bank zu schieben.«

»Ja, Ellen, ich war ein Idiot. Und jetzt gebe ich dir eine Kurzbiographie von Laurence Fenton. Das einzig ehrliche Geld, das ich je verdiente, war mein Gehalt als Bankangestellter in den beiden ersten Jahren. Damals habe ich geheiratet. Sie war sehr hübsch und sehr oberflächlich. Ich demzufolge auch. Es konnte nicht dauern. Wir wollten beide das Beste vom Leben, ohne darauf warten zu müssen. Ich ergaunerte siebentausend Pfund von der National Westminster Bank. Ich machte es so geschickt, daß man mir nichts nachweisen konnte. Die Bank verzichtete nur auf meine Dienste, und mein Filialleiter wurde im Gehalt zurückgestuft. Nach diesem ermutigenden Anfang habe ich nie mehr rückwärts geblickt. Bis Pentonville. Ich kann auch nicht behaupten, daß ich etwas bereue. Ich habe dieses Leben voll ausgekostet. Ich wollte nichts anderes, bis ich *dich* wollte. Wenn mein Coup gelungen wäre – doch, Liebling, auch wenn du mich liebtest, wäre es viel von dir verlangt gewesen –, hoffte ich, wir könnten miteinander auf- und davongehen, heiraten und uns ein Leben aufbauen. Ein anderes? Woher kann ich das wissen, Ellen, wie kann ich sicher sein?«

»Ich werde sicher sein, für dich mit. Ich gedenke

nicht meine Tage in der Angst zu verbringen, man könne mir jederzeit meinen Mann wegnehmen. Wenn sie dich jetzt erwischen, wie lange behalten sie dich dann?«

»Es gibt da noch ein paar Komplikationen, Liebste!«

»Ach, Lewis. Lewis! Solange wir uns so festhalten, habe ich das Gefühl, daß dir gar nichts passieren kann. Aber du mußt gehen. Denke daran, sie wissen nicht, daß du gewarnt bist – und Judy hat gesagt, daß sie mich weglocken wollen, ehe sie anrücken. Diese kleine Atempause bleibt uns also. Kannst du sie nicht nutzen?«

»Judy hat aber auch gesagt, daß bereits alle Landesgrenzen überwacht werden. Alles andere hast du so gefaßt hingenommen, also bitte auch dies. Wie lange glaubst du denn, könnte ich mich in Irland herumdrücken? Nein, Ellen, ich bleibe hier und verbringe bei dir, was von meiner Freiheit noch übrig ist.«

»Das mußt du am besten wissen. Bei mir spricht das Herz lauter als der Verstand, ich bin dir leider gar keine Hilfe. Aber es gibt keinen Grund, warum wir die paar Stunden Freiheit, die uns bleiben, nicht ausdehnen sollen, so lang wir können.«

Neuntes Kapitel

Ellen von Angesicht zu Angesicht gegenüberzutreten war das letzte, was Tom wollte. Er blieb volle fünf Minuten vor ihrem Haus im Wagen sitzen, obwohl die Zeit drängte, wenn diesem armen, vertrauensseligen Dummchen weiteres Herzeleid erspart werden sollte, das leider unvermeidlich war. So human sein Motiv sein mochte, seine Mission war hinterhältig und ihm zuwider.

Als ihm Judy die Tür öffnete, war er ganz entgeistert. Er wußte zwar, daß sie oft hier anzutreffen war, doch hatte Bea ihm gesagt, heute sei das Jungvolk in sicherer Entfernung: Desmond und Owen zu irgendeinem Treffen ehemaliger Klassenkameraden und Judy beim gemischten Junioren-Doppel im Tennisclub.

»Hallo, Judy! Ich möchte dich um einen Liebesdienst bitten. Im Krankenhaus ist eine Frau aus Knockaulin, die morgen früh operiert werden soll. Und als sie hörte, daß Ellen O'Sullivan in der Nähe wohnt, hat sie gesagt, sie würde sie furchtbar gern sehen.«

Bis dahin entsprach alles der Wahrheit. Mrs. Dunphy, die vor zwei Tagen (glücklicherweise, wie sich erwies) eingeliefert worden war, hatte in der Tat geäußert, wie sehr sie sich über den Besuch ihrer früheren Nachbarin freuen würde.

»Da hab ich ihr versprochen, ich fahre Tante Ellen zu ihr. Die arme Alte hat große Angst.«

Daß einem manchmal die Wörter im Hals stecken bleiben, stimmt. Mrs. Dunphy war ein zäher Brocken und hatte Nerven wie Schiffstaue. Er war froh, seine Geschichte erst einmal an Judy ausprobieren zu können. »Tante Ellen wäre hier genau die richtige Medizin.«

So, nun war es heraus und klang ganz überzeugend, eine Bitte, die man unmöglich abschlagen konnte! Judy schaute ganz betroffen.

»Ach, die arme Alte. Zu schade, Tante Ellen ist krank, Onkel Tom. Sie liegt im Bett.«

Schade, meiner Seel'! Er faßte sich rasch.

»Hat sie Beschwerden?«

»Hauptsächlich Kopfweh.«

»Aha. Wenn das alles ist, werde ich mal zu ihr hineinschauen.«

»Ich bin so froh, daß du da bist.«

Eilig lief sie zu seinem Wagen, um ihm die Arzttasche zu holen. Ein liebes Kind, diese Judy. »Ich wollte schon nach dir schicken, aber das hat sie nicht erlaubt.«

Ellens Schlafzimmer war durch einen über die geschlossenen Vorhänge gehängten Teppich noch zusätzlich verdunkelt. Sie, die sonst immer munter war wie ein Fisch im Wasser, so teilnahmslos daliegen zu sehen, verstärkte seine Sorge, was zum Kuckuck er jetzt machen sollte, noch um ein rein berufliches Unbehagen.

»Achtung!« Sogar in dieser mißlichen Lage fand er zur gewohnten Munterkeit am Krankenbett. »Hier kommt dein lieber Onkel Doktor.« Er trat ans Fenster. »Nun wollen wir uns die Patientin mal bei Licht besehen, ja?«

Sie sagte mit schwacher Stimme: »Ich hab nur Kopfweh. Es war nicht richtig, daß Judy dich hergerufen hat. Ach, sie hat gar nicht –? Bitte nicht, Tom! Das Licht tut mir so weh in den Augen.«

»Ich hab was dagegen, meine Patienten im Halbdunkeln zu untersuchen.«

Er hängte den Teppich ab und zog die Vorhänge beiseite. Ellen war bleicher als sonst und ihr Puls beschleunigt, doch sonst konnte er nichts Ungewöhnliches feststellen. Ein Transport würde ihr bestimmt nicht schaden. Nachdenklich stand er am Bett und blickte auf sie herab.

»Wenn ich dir was gegen die Kopfschmerzen gebe und wir ungefähr zehn Minuten warten, bis es gewirkt hat, schaffst du es vielleicht doch bis zu Mrs. Dunphy. Ich soll dir übrigens ausrichten, daß es – ganz abgesehen von ihr – deinem Esel Neddy prima geht.«

Sie bis nach Beechmount zu schaffen würde genügen. Von dort konnte sie dann den Krankenhausbesuch immer noch absagen.

»Die arme Seele braucht wirklich deinen Zuspruch, ehe man sie in den OP rollt, sonst dächte ich nicht im Traum daran, dich derart zu drängen.«

Mit verstockter Hartnäckigkeit erklärte Ellen, er könne ihr geben, was er wolle, sie könne keinesfalls aufstehen, das müsse er einsehen und bitte weggehen und sie in Frieden lassen. Dann fing sie an zu jammern, Mrs. Dunphy enttäuschen zu müssen, und er mußte kostbare Zeit damit vergeuden, sie zu trösten. Wenn Ellen jemand einen Liebesdienst verweigerte, noch dazu jemand wie Mrs. Dunphy, mußte sie sehr arge Schmerzen haben. So plötzliche, lähmende Kopfschmerzen konnten scheinbar grundlos auftreten, hielten sie jedoch an, würde man die Sache untersuchen müssen. Diese Sorge schob er zunächst von sich. Die unmittelbare Gegenwart machte ihm Sorgen genug. Konnte man sie nicht aus Dunhaven wegschaffen, blieb nur die Möglichkeit, sie gegen die bevorstehenden Ereignisse unempfindlich zu machen, bis alles vorüber war. Er schüttelte eine Tablette aus einem Glasröhrchen in die Handfläche, zögerte kurz und tat dann noch eine zweite dazu.

»Die müßten es eigentlich schaffen. Also runter damit, und ich befreie dich von meiner abscheulichen Gegenwart.«

Sie stützte sich mit einem Ellbogen hoch, steckte die Tabletten in den Mund und nahm einen Schluck Wasser aus dem Glas, das er ihr an die Lippen hielt. Sie wirkte so schwach wie ein neugeborenes Kätzchen. Dann legte sie sich zurück und vergrub das Gesicht im Kissen.

»Danke, Tom. Ich bin nicht gewöhnt, daß mir was fehlt, weißt du, deshalb bin ich so schlechter Laune. Entschuldige.«

»Von dir würde ich mir ohne Murren noch viel schlechtere Laune gefallen lassen.«

Schweren Herzens verdunkelte er das Zimmer wieder. »Ich hab dich sehr gern, weißt du das?«

»Gegen dich hab ich auch nichts vorzubringen, Tom, als daß du manchmal glaubst besser zu wissen, was für mich gut ist, als ich selber.«

»Das ist ein Berufsübel. Immerhin habe ich immer die lautersten Absichten.«

Drunten sagte er zu Judy: »Tante Ellen fehlt nichts außer den Kopfschmerzen, soweit ich sehen kann. Ich hab ihr etwas gegeben, damit sie schläft, und schau später noch einmal vorbei.«

Wenn alles im »Alten Kuriositätenladen« vorüber war. Schade, daß das Kind hier war. Bea behauptete, sie käme in der Bewunderung für diesen Fenton gleich nach Ellen, aber mit etwas Glück bekam sie die Ereignisse im Nachbarhaus gar nicht mit. Fenton stand in dem Ruf, in keiner Weise gewalttätig oder aggressiv zu sein, so bestand Hoffnung, daß die Verhaftung unauffällig vor sich ging. Auf alle Fälle war klar, daß unter diesen Umständen nichts Judy von der Stelle bewegen würde. Trotzdem sah er sich gezwungen, einen Scheinversuch zu machen.

»Tante Ellen wird bis dahin ganz fest schlafen, vermutlich schläft sie jetzt schon.«

Judy sagte natürlich, daß sie bei Tante Ellen bleiben würde, bis er wiederkäme.

»Das ist lieb von dir.«

Die berufsbedingte falsche Bonhomie fiel ihm nie schwer.

»Wäre schon gut, wenn jemand bei ihr im Haus ist, obwohl ich nicht glaube, daß sie sich auch nur einen Augenblick rühren wird. Geh nicht zu ihr herein, du störst sie nur. Bleib in Rufweite im Nebenzimmer, ja?«

Die beiden befanden sich demnach in den nach hinten gehenden Zimmern und außer Sicht- und Hörweite der Straße. Wenn Judy dort blieb, war alles gut. Für den Fall, daß sie es aus irgendeinem Grunde nicht tat, sagte er noch: »Ich muß dir nochmals auf die Seele binden, Judy, daß Tante Ellen unter keinen Umständen gestört werden darf. Das ist sehr wichtig. Einen unter Medikamenten stehenden Menschen zu stören kann äußerst riskant sein.«

Übertrieb er? Aber während der Verhaftung durfte um keinen Preis jemand mit der Nachricht zu Ellen hereinplatzen.

»Unter keinen Umständen, ich verlasse mich ganz auf dich.«

Judy nickte ernsthaft.

»Auf mich kannst du dich auch völlig verlassen.«

Gleichmütiger als erhofft akzeptierte Bea die Unmöglichkeit, die störrische Ellen – offenbar infolge ihrer Hypochondrie noch störrischer als sonst – aus Dunhaven wegzuholen (»Na, weißt du, ein großes, kräftiges Frauenzimmer und macht wegen ein bißchen Kopfweh so ein Theater«) und auch die besorgte Nichte. (»Läßt ihr Tennismatch sausen und sitzt zu Füßen der unvergleichlichen Tante Ellen, so ein kleines Kamel!«) Sie hatte sogar ein Lob für sein geschicktes Handhaben einer peinlichen Situation. Mehr war wohl kaum zu erwarten gewesen, und er hätte doch gern mehr gehört.

»Bea, es wird Ellen zwar die Qual erspart bleiben,

den Mann vor ihren Augen verhaftet zu sehen, aber wenn sie es erfährt, wird es sie umschmeißen. Dann braucht sie unser ganzes Verständnis und Mitgefühl, um darüber hinwegzukommen.«

»Worüber hinwegzukommen? Sie sollte Gott auf Knien danken, daß sie mit diesem Gangster nicht offiziell verlobt ist – es würde lange dauern, ehe das in Vergessenheit geriete – und daß sie aus ihrem Schlamassel mit keinen schlimmeren Folgen als verletztem Stolz hervorgeht.«

Im »Alten Kuriositätenladen« war das Rouleau heruntergelassen und die Tür verschlossen. Jassy raste überall in dem kleinen Haus herum und war vor Wut außer sich.

Dieser lächelnde Doktor! Diese Mrs. Coleman!

Und dieses sentimentale kleine Rindvieh! O Tante Ellen, du liebst ihn immer noch genügend, um dich freiwillig für ihn zu opfern. Zu opfern! Dad hatte eben noch rechtzeitig die Augen zu Schlitzen zusammengezogen, sonst hätte sie es herausgeschrien, daß diese läufige Hündin endlich kriegte, was sie verdiente.

Es ist besser so, hatte er gesagt. Letzten Endes ist es besser. Wie weit voraus lag »letzten Endes« eigentlich? Ellen wird sich um dich kümmern, hatte er gesagt. Warum hatte sie nicht losgebrüllt, *obwohl* seine Augen sie warnten?

Jassy, hatte er gesagt, es ist besser, daß Ellen Kontakt hält. Das ist sehr wichtig. Ja. Ja. Aber oh – du und Ellen! Ausgerechnet Ellen!

Trotzdem war es ihr gelungen, sich in den wenigen Minuten bis zum Abschied zusammenzunehmen, während sie sich durch stumme Zeichen verständigten, während weniger Worte, die auf Ellen und Judy zugeschnitten waren.

Er konnte wieder eingesperrt werden. Eingesperrt!

Dieser lächelnde Doktor, diese Coleman! Diese dreckigen Verräter! Ihr Zorn flammte beim Hin- und Herrennen immer höher auf, wie durch Zugluft angefacht, so daß er alle Gedanken verzehrte und nichts übrigblieb als der Zorn, der Zorn, der unter jedem Zentimeter ihrer Haut brannte wie Feuer.

Mit weit ausholender Bewegung wischte sie einen Stoß Porzellan krachend auf den Ladenboden. Sie hörte auf, hin- und herzurennen. Sie blieb stehen.

Dem freundlichen Arzt und der Dame Coleman wäre es total egal, wenn sie jeden häßlichen, sinnlosen Gegenstand im Laden zerschmetterte. Ganz langsam fiel ihre Wut, die nur graduell verschieden war von den kindischen, sinnlosen Wutausbrüchen, zu denen sie neigte, in Asche zusammen. Zu kalter Asche. Ihr Gehirn begann wieder zu arbeiten.

Diese beiden gratulierten sich jetzt vermutlich dazu, allen Dreck unter den Teppich gekehrt zu haben? Sie stieß mit dem Fuß den Kopf einer Porzellanschäferin beiseite und ging ans Telefon.

Kriminalinspektor Mullins und Sergeant Breen – in Begleitung einer Polizeibeamtin, falls man sich um das Mädchen besonders kümmern mußte – kamen in Mullins' Privatwagen nach Dunhaven. Alle drei in Zivil.

Die Verhaftung sollte diskret und ruhig erfolgen.

Fentons Wagen stand nicht im Lagerhaus. Der Rolladen vor dem Fenster des »Alten Kuriositätenladens« war heruntergelassen. Auf ihr Klingeln öffnete fast sofort ein junges, hübsches Mädchen, das Mullins nach der Beschreibung als Julia oder Julie Fenton erkannte. Der Geruch fiel ihnen sofort auf. Noch während sie ihn in die Nase zogen, sah Mullins, daß die Tür zu einem der Räume von innen geschlossen wurde. Er gab Breen einen Wink. Breen verschwand über die Einfahrt, um die Rückseite des Hauses im Auge zu behalten.

Das Fenton-Mädel war barfuß. Sie trug eine Art Kimono, den sie eng um sich gezogen hatte. Nicht sorgfältig genug, man sah, daß sie darunter nackt war. Ihr Gesicht war gerötet, ihr Haar zerzaust. Ihre Augen aber waren ganz klar. Wunderschöne blaue Augen. Obgleich sie allem Anschein nach eine kesse Biene war, tat sie Mullins doch leid, und er war böse auf ihren Vater. Er hatte selbst Töchter.

»Bitte kann ich Mr. Forde sprechen?«

Sie warf ihr Haar zurück. Wundervolles Haar.

»Daddy ist nicht da. Kann ich was ausrichten?«

»Ich muß ihn persönlich sprechen. Wann erwarten Sie ihn zurück?«

»Tut mir leid, weiß ich nicht.«

»Wenn Sie mir sagen könnten, wo er hingegangen ist, finde ich ihn vielleicht.«

»Ich weiß nicht, wohin er gegangen ist. Was soll ich ihm sagen, wer da war?«

Es war zwar unwahrscheinlich, aber nicht außerhalb der Möglichkeiten, daß Fenton durch irgend etwas Verdacht geschöpft hatte und nun hoffte, doch noch entkommen zu können. Mit seinem Wagen kam er nicht weit, doch der fehlende Wagen konnte absichtliche Täuschung sein. Als erstes galt es sich zu versichern, daß er nicht hier im Haus hinter der verschlossenen Tür lauerte, das war klar.

»Ich bin Kriminalinspektor Mullins.«

Er zog seinen Ausweis und winkte Ban Garda Dillon, die Polizeibeamtin, heran.

»Ich muß Ihnen mitteilen, daß ich mit einem englischen Haftbefehl hier bin zwecks Festnahme und Auslieferung eines gewissen Laurence Fenton, einem entwichenen Häftling, der, wie ich glaube, zur Zeit unter dem Falschnamen Lewis Forde hier wohnt.«

»Oh«, sagte das Mädchen.

»Sie sind, wie ich annehme, Miss Fenton? Miss Fenton, ich beabsichtige, eine Hausdurchsuchung vorzunehmen.«

Er durchmaß mit großen Schritten den Laden und riß die hintere Tür auf.

Es schien eine Art Lagerraum zu sein. Kissen und Polster waren auf nackten Brettern verstreut. Eine Flasche Calvados lag am Boden. Der Geruch nach Marihuana war überwältigend. Laurence Fenton war nicht da, wohl aber der Junge der Colemans und sein Vetter.

Das war verdammt peinlich. Er warf einen Blick zurück auf das Mädchen. Sie stand teilnahmslos da. Hinter ihr riß Ban Garda Dillon Augen und Mund auf.

Durch zusammengebissene Zähne raunte Mullins: »Ihr gottverlassenen jungen Idioten, schaut, daß ihr hier rauskommt, aber schnell.«

Sie torkelten an ihm vorbei.

»Sind das eure Wagen, die draußen den Weg blockieren? Gut, dann laßt sie da und wartet, daß man euch heimfährt! Himmeldonnerwetter, in dem Zustand könnt ihr ja nicht mal zu Fuß gehen!«

Der junge O'Sullivan murmelte: »Stimmt das mit ihrem Vater?«

»Ja. Raus mit euch, hab ich gesagt.«

Sie verschwanden.

»Sehr kavaliersmäßig haben die sich nicht benommen, oder?« fragte das Mädchen traurig. »Aber Sie werden ihnen hoffentlich keine Schwierigkeiten machen, Herr Inspektor. Ich finde, Trinken und Sex sind schließlich unsere Privatangelegenheit. Ich selbst bin volljährig, das heißt, fast – und wegen weicher Drogen brauchen Sie auch nicht gleich so furchtbar penibel zu sein, oder?«

Ihre Augen waren so blau wie die Blüten des Bergflachses, aber in denen tanzen keine Teufelchen.

»Um mich geht's ja nicht, ich weiß, aber diese Jungen sind aus guten Familien, und wenn unsere kleine

Party bekannt würde, wäre das für sie ein entsetzlicher Skandal.«

Er sagte barsch: »Ich beabsichtige nicht, mehr Ärger zu machen als notwendig.«

»Ich hab mir schon gedacht, daß Sie das vielleicht nicht wollten, – nicht für die O'Sullivans und die Colemans.«

Sie ließ die Lider über die wundervollen Augen sinken. Wundervolle Wimpern auch, die längsten, die er je gesehen hatte.

»Natürlich, wenn ich auch verhaftet werde oder festgenommen oder so was, wird alles herauskommen, nicht wahr?«

Er konnte dieses kühle, hinterlistige Flittchen nur bewundern.

»Rückversichern ist immer gut«, sagte er. Ihre Augen funkelten ihn an, und ihre Mundwinkel hoben sich zu einem angedeuteten Grinsen. Dann war sie wieder sanft und betroffen. Verflucht schade, daß der Mann eine intelligente, hübsche Tochter so auf die schiefe Bahn gebracht hatte.

»Jetzt seien Sie mal brav und bleiben Sie ein Weilchen hier bei Ban Garda Dillon, ja?«

»Sie meinen, ich soll hier sitzen und darauf warten –«, ihr Atem stockte in einem jammervollen kleinen Schluchzer – »daß Daddy in die Falle geht?«

Mullins' sechster Sinn begann ihm zu sagen, daß Daddy nichts dergleichen tun werde. Er durchsuchte das Haus nur mehr pro forma. Ein wie erbärmlicher Vater dieser Fenton auch sein mochte, sicherlich hätte er seiner jungen Tochter keine derartige Vergnügungsparty gestattet, solange er in der Nähe war. Dann ging er hinaus zu Sergeant Breen.

»Ich hab den Eindruck, als ob das nicht ganz so glatt über die Bühne gehen wird, wie man uns versprochen hat.«

Den Kopf schief gelegt, betrachtete er Nummer Sieben. Er war total im Bilde darüber, wie sich diese Miss O'Sullivan blamiert hatte, und jetzt befand er sich in einem Dilemma.

»Die Engländer werden wieder die tollsten Paddy-Witze über uns reißen, wenn wir den Kerl überall in Irland suchen, und er wird die ganze Zeit im Nachbarhaus gehegt und gepflegt.«

Schließlich faßte er einen Entschluß.

»Es bleibt nichts anderes übrig, als drin nachzuschauen, ehe wir weitermachen.«

Breen starrte ihn an, als sei er verrückt.

»Wenn Sie vorhaben, eine Durchsuchung bei Dr. Toms Schwester zu beantragen, wird der Chef aber nicht begeistert sein!«

»Darum kümmern wir uns, wenn es soweit ist.«

Die Nichte von Miss O'Sullivan öffnete – ihre und Dr. Toms. Es war einer dieser gottverfluchten Fälle, bei denen man dauernd einen Eiertanz aufführen mußte.

»Wir suchen Mr. Forde, er ist aber nicht zu Hause. Wir wollten fragen, ob er vielleicht zufällig hier bei Ihnen ist?«

»Nein, er ist nicht da.«

Bei Mullins war ein entscheidender Wesenszug des Polizisten gut entwickelt: Er traute niemandem. Dieses Kind sah aus wie die verkörperte Unschuld, aber das war noch keine Garantie dafür, daß sie nicht mit dem Tantchen unter einer Decke steckte.

»Schön, macht nichts. Eigentlich wollte ich sowieso nur mit Ihrer lieben Tante sprechen. Wir sind nämlich von der Polizei, wir kommen dienstlich.«

»Ach du liebe Zeit. Ein Verkehrsdelikt, was?«

»Nichts dergleichen, aber etwas, was sie wissen sollte.«

Das Mädchen erklärte ihm, was er bereits wußte, daß

Onkel Tom gesagt hatte, man dürfe Tante Ellen nicht stören.

Mullins erzielte seine Erfolge weniger durch Scharfsinn als vielmehr durch Hartnäckigkeit. Er war entschlossen, Dunhaven erst zu verlassen, wenn er ganz sicher war, daß Fenton sich nicht bei seiner Liebsten, mit oder ohne Kopfweh, versteckt hielt, auch wenn er dann einen Durchsuchungsbefehl beibringen mußte.

Mit grandioser Aufrichtigkeit sagte er: »Ich sehe schon, Sie sind eine vernünftige junge Dame, deswegen sage ich Ihnen offen, was uns herführt. Hier in der Gegend treibt sich ein entflohener Sträfling herum. Wir müssen sichergehen, daß er sich nicht irgendwo versteckt hält.«

Sie rang nach Luft.

»Durch irgendein Hinterfenster oder so was. Vielleicht ohne daß die Hausbewohner etwas gemerkt haben.«

Sie flüsterte: »Ist er gefährlich?«

»Das nicht direkt, wir wollen mal sagen: er ist kein Mensch, den man gern in der Nähe hat. Sie brauchen keine Angst zu haben, wir sind ja da. Dürfen wir reinkommen und uns überzeugen, daß drin alles in Ordnung ist?«

Mal sehen, wie sie sich jetzt aus der Affäre zog, falls sie gelogen hatte.

»Ach ja. Bitte. Bitte.«

»Nun, wenn Sie möchten, daß wir reinkommen –«, sagte Mullins und zwinkerte mit dem rechten Auge ein wenig zu Breen hinüber.

Sie flehte die beiden an, leise zu sein, beschwor sie, darauf zu achten, daß auch alle Türen und Fenster fest geschlossen waren, und blieb dicht hinter ihnen, während sie jeden Winkel des Hauses durchsuchten. Schließlich führte sie sie auf Zehenspitzen in Miss O'Sullivans Zimmer.

Miss O'Sullivan schien fest zu schlafen. Mit einem Blick auf die Bettdecke überzeugte sich Mullins, daß sie allein im Bett lag, jedenfalls bei dieser Gelegenheit.

Einmal, als die Tür zum Kleiderschrank knarrte, bewegte sie ein wenig den Kopf auf dem Kissen, während ihre kleine Nichte wie erstarrt stehenblieb, doch gleich danach setzten ihre regelmäßigen Atemzüge wieder ein.

Die kleine Miss Coleman dankte ihnen wärmstens für alle Mühe, als sie gingen.

»Ein nettes Mädelchen«, sagte Breen vorwurfsvoll. »Das sieht doch jeder sofort, daß das ein nettes Mädelchen ist.«

»Ich«, sagte Mullins, »bin eben immer ein bißchen langsam.«

Der Polizeichef unterzog sich persönlich der delikaten Aufgabe, Dr. Tom und Mrs. Coleman über das Treiben ihrer hoffnungsvollen Sprößlinge zu unterrichten.

»Die haben ihre Lektion weg«, sagte er. »Sie fühlen sich hundeelend und tun sich mächtig leid. Ich sage Ihnen offen, wie es war. Das ist Ihnen sicher lieber. Sie glaubten, sie seien zu einer Party eingeladen, doch dann stellte sich heraus, daß sie zu dritt blieben. Darüber waren sie ein bißchen verstimmt – anscheinend machen sie sich heftig Konkurrenz –, aber das Fenton-Mädel überredete sie zu bleiben. Sie hatte sie gebeten, Marihuana mitzubringen, damit die Party gleich in Schwung käme, wenn sie in so kurzer Zeit welches auftreiben könnten. Sie ist ein bildhübsches Ding. Nun, wir haben auch was gefunden. Mein Gott, wir wissen doch nur zu gut, daß auf fast allen verfallenen Grundstücken der Grafschaft Cork Cannabis gepflanzt wird. Aber sie haben mir versprochen: nie wieder!

Uns interessiert natürlich nur die Sache mit den Drogen, aber sicher werden Sie froh sein, daß die Jungen mir versichert haben, daß trotz allem, was das Fenton-Mädel andeutet, nicht mehr passiert ist, als was wir in unserer Jugend ›Petting‹ nannten.«

Er lächelte grimmig.

»Darin hat sie sie falsch eingeschätzt. Einzeln mögen sie ja keine Tugendbolde sein, aber es sind anständige Burschen, und ich glaube ihnen gern, daß sie mit einem flotten Dreier nichts zu tun haben wollen. Zusammenfassend: ich habe ihnen gründlich den Kopf gewaschen und damit aus, soweit es uns betrifft.«

Seine Zuhörer waren bleich und erschüttert. Dr. Tom schluckte und sagte: »Vielen Dank.«

Mrs. Coleman biß sich auf die Lippe und sagte: »So weit, so gut. Aber dieses widerliche kleine Flittchen wird sicher die wunderbare Gelegenheit nicht vorübergehen lassen, uns mit Dreck zu bewerfen.«

»Ich glaube nicht, daß sie Ärger macht, wenn wir ihr keinen machen. Den Jungen wird es nichts schaden, wenn ihre Eltern sie gehörig ins Gebet nehmen, aber man sollte nicht vergessen, daß das Mädel die ganze Geschichte in Gang gebracht hat. Verglichen mit der sind die zwei die reinsten Wickelkinder.«

Mrs. Colemans Zähne preßten sich so stark in die Unterlippe, daß der Polizeichef sich wunderte, wieso kein Blut kam.

»Wäre es nicht eine solche Schande, würde ich mich beinahe freuen, wenn sie kriegen, was sie verdienen. Mit so einem Mädchen ins Gerede zu kommen!«

Dr. Tom sagte: »Die Freundschaft wurde aber nicht mißbilligt.«

Sie wechselten einen kalten, harten Blick. Der Polizeichef vermutete, daß sie sich unter vier Augen noch ganz andere Dinge gesagt hätten. Wenn Jugendliche etwas anstellten, schoben sich die Erziehungsberechtigten oft gegenseitig den Schwarzen Peter zu.

Mrs. Coleman sagte: »Ich hol jetzt Judy sofort nach Hause.«

»Und ich will zu Ellen. Ich finde, im Interesse beider fahren wir gemeinsam.«

Da kam ein Telefonanruf für den Polizeichef: Laurence Fentons Wagen war in der Flußmündung bei Lee gefunden worden. Im Inneren befand sich ein Nachtköfferchen und eine Aktenmappe mit einem Paß auf einen weiteren Falschnamen, zweihundert Pfund in Scheinen und eine halbvolle Flasche Brandy. Das Fenster auf der Fahrerseite stand offen. Die Bergungsarbeiten waren bereits im Gange.

»Das Beste, was passieren konnte«, sagte Mrs. Coleman. »Nur schade, daß die Tochter nicht auch dabei war.«

Der Polizeichef war kein übertrieben zartbesaiteter Mensch, aber er verabschiedete sich so plötzlich, daß es an Unhöflichkeit grenzte.

Im Parterre von Ellens Haus waren die Fensterläden geschlossen. Judy öffnete die Tür mit eingehängter Sicherheitskette.

»Die Nachricht ist schon überall herum. Tante Ellen weiß, daß Lewis tot ist. Sie hat gesagt, ich soll euch nicht hereinlassen, falls ihr kommt.«

Bea sagte schroff: »Wenn sie es so will, mir kann es nur recht sein. Ich komme deinetwegen. Also beeil dich und sag deiner Tante auf Wiedersehen, wenn ich bitten darf.«

»Ihr habt noch nicht mal so viel Anstand, so zu *tun*, als täte es euch leid, daß Lewis so entsetzlich umgekommen ist, und wenn er auch kriminell war. Ich bleibe bei Tante Ellen!«

Sie knallte ihnen die Tür vor der Nase zu. Bea stand

draußen und starrte sie an. Um ihre Nase und ihre schmalen Lippen bildeten sich weiße Linien.

»Wart's nur ab, Miss Judy, dich krieg ich schon noch.«

»Mein Gott, Bea, merkst du denn nicht, daß das Kind todunglücklich ist, sie weiß ja kaum, was sie sagt.«

Im ersten Stock öffnete Judy ein Fenster und streckte den Kopf heraus.

»Tante Ellen ist aufgestanden und hier im Zimmer mit mir, Onkel Tom. Sie läßt dir sagen, das Kopfweh ist weg, und du brauchst dir überhaupt keine Sorgen um sie zu machen. Das stimmt auch, Ehrenwort. Natürlich ist sie traurig, aber sie sieht den Tatsachen ruhig und gefaßt ins Auge, wie jeder erwartet hätte, der sie kennt.«

Diese Tatsachen waren hart, auch für einen starken Charakter. Tom sagte: »Ich möchte sie sehen, dringend, ihretwegen wie auch meinetwegen, Judy. Wenn du ihr das sagst, glaube ich nicht, daß sie mich wegschickt.«

Er fluchte leise, weil Bea dazwischenfuhr: »Und von mir kannst du ihr ausrichten, daß sie dich sofort runterschicken soll, und erinnere deine Tante freundlicherweise daran, daß ich zufällig deine Mutter bin.«

Judy verschwand kurz vom Fenster.

»Bitte sei nicht böse, Onkel Tom, aber sie möchte eine Weile ganz in Ruhe gelassen werden.« Ihre Stimme wurde lauter als die von Bea. »So wie ihr über den armen Lewis denkt, finde ich das auch nicht zuviel verlangt.« Sie wandte den Kopf ins Innere des Zimmers. »Tut mir leid, Tante Ellen. Ich weiß, es wäre dir lieber, wenn ich nicht in dem Ton mit ihnen reden würde, aber ich konnte es mir einfach nicht verkneifen.«

Bea umkrampfte ihre Handtasche fester.

»Jetzt hab ich genug von dem Unsinn. Du hast deinen Standpunkt klargemacht und jetzt komm sofort herunter, hörst du, und mach uns auf.«

»Nein. Der Laden an der Hintertür ist auch zu, falls du es dort versuchen willst. Ihr könnt ebensogut heimfahren. Für den Moment ist das alles.«

Sie schloß das Fenster. Bea schleuderte ihre Handtasche beiseite, stürzte zur Tür und fing an zu klingeln und zu klopfen. Tom packte sie am Arm.

»Willst du die ganze Stadt auf uns aufmerksam machen?«

Er wußte, nichts anderes konnte sie schneller ernüchtern. Schon erschienen ein paar neugierige Gesichter hinter den schmuddeligen Gardinen, und die beiden einzigen Passanten gingen schon langsamer. Er hob ihre Handtasche auf und führte Bea zu seinem Wagen, den er im Lagerhaus neben dem von Ellen geparkt hatte. Sie sank in ihren Sitz. Er stieg ein.

Im »Alten Kuriositätenladen« gegenüber rührte sich nichts, wo das freudlose Mädel jetzt mutterseelenallein wartete, während man im Schlick nach der Leiche ihres Vaters suchte.

Sekundenlang schloß er müde die Augen.

»Tom, wie Ellen sich aufführt, ist nicht nur dämlich, sondern ganz einfach nicht mehr normal!« Bea klang jetzt eher angstvoll als aufgebracht. »Das gibst du zu, oder? Judy muß da unbedingt raus!«

Der schreckliche Egoismus Ellens, einen anhänglichen Teenager zur einzigen Mittrauernden zu machen und ihn gegen den Willen der Mutter eigensinnig bei sich zu behalten, war unverzeihlich. In seine Sorge um Ellen mischte sich Enttäuschung. Er hatte sie höher eingeschätzt.

Resigniert meinte er: »Das Theater kannst du den beiden überlassen. Tatsache bleibt, daß sie eine gottverdammte Plage sind, eine wie die andere. Man muß sie sich selbst überlassen, damit sie darüber wegkommen.« Und als es sie, während er den Wagen startete, noch einmal überkam: »Was können wir schon machen? Nun laß es nicht an mir aus, altes Mädchen. Spar dir das für morgen auf, wenn du bei ihnen bist.«

Aber auch am nächsten Tag wollte Ellen noch niemanden sehen, und Judy kam nicht mal an die Haustür, sondern sprach nur aus einem der oberen Fenster. Sie wiederholte, Tante Ellen brauche Ruhe, und wann sie heimkäme, wisse sie noch nicht genau.

Sie sprach höflich, vermutlich mit Rücksicht auf die Empfindungen ihrer Mutter, denn dauernd strömten morbide Neugierige herbei, die sich den »Alten Kuriositätenladen« ansehen wollten.

Wohl aus dem gleichen Grunde blieb Bea beherrscht. Als sich das Fenster wieder schloß, sagte sie verkniffen, aber ruhig: »Jetzt hat es lange genug gedauert, was sagst du, Tom?«

»Ja. Es ist sinnlos, hier noch herumzulungern. Wir fahren heim und besprechen, was zu tun ist.«

In Beechmount erwartete sie Denis Coleman. Mit einer Ängstlichkeit, die er vergeblich zu verbergen suchte, fragte er: »Na, die verlorene Tochter noch nicht wieder dabei? Ich dachte, mittlerweile ist sie das Spielchen mit Tante Ellen leid.«

»Ich fürchte nein. Aber sie ist in ausgezeichneter Verfassung, Denis, und so unverschämt wie ein Spatz.«

Er suchte nach Worten. »Offen gesagt, Ellens Beharren auf dieser totalen Isolation, wo doch der erste Schock jetzt abgeklungen sein müßte, beunruhigt mich.«

Bea sagte: »Heute nacht brechen wir ein, durch die Hintertür.«

»Mein Gott, es muß doch eine einfachere Möglichkeit geben, Judy da rauszuholen?«

»Nenn mir eine einzige, bei der kein Skandal entsteht!«

Sie teilten es so ein, daß sie bei beginnender Dämmerung in Dunhaven eintrafen. Die Straße war menschenleer. Als Judy am Fenster erschien, sagte sie: »Heute hab ich euch nicht noch einmal erwartet. Tante Ellen hat ihre Meinung nicht geändert.«

Mit behutsam gedämpfter Stimme sagte Bea: »Wir kommen rein. Von hinten. Wir haben eine Axt im Kofferraum.«

»Das könnt ihr nicht machen. So was kann man doch in einem fremden Haus nicht machen!«

»Nun sei mal vernünftig«, sagte Tom. »Du mußt doch verstehen, daß deine Mutter und ich diese Situation nicht länger hinnehmen können.«

»Durchs Speisekammerfenster«, sagte Bea. »Da geht es leicht.«

»Ich rede mit Tante Ellen.« Judy verschwand ungefähr eine Minute im Zimmer. »Tante Ellen sagt, in ein paar Tagen könnt ihr kommen. Ganz bestimmt am Sonnabend, sagt sie.«

»Nein, wir kommen jetzt.«

»Also gut, dann am Freitag. Das sind doch nur noch zwei Tage.«

Bea öffnete den Kofferraum.

Judy beugte sich halsbrecherisch weit aus dem Fenster.

»Also dann: Wäre euch morgen recht? Ein Tag mehr kann doch unmöglich viel ausmachen.«

Tom holte die Axt heraus. Judy schrie: »Okay, okay, wartet! Ich laß euch rein.«

Sie öffnete weit die Haustür und flüchtete sich dahinter. Bea fegte an ihr vorbei, eine Rachefurie. Tom schloß die Haustür. Judy blieb stehen wie eine Statue. Er legte ihr tröstend den Arm um die Schultern.

»Tante Ellen passiert nichts, Judy. Es wird alles wieder gut.«

Bea rannte von einem Zimmer ins andere. Jetzt war sie im ersten Stock, knallte mit Türen und rief nach Ellen.

»Dir macht ja niemand einen Vorwurf. Du bleibst jetzt hier, ich gehe rauf und stifte Frieden zwischen Tante Ellen und deiner Mutter.«

Judy kicherte nervös.

»Brauchst du gar nicht.«

Jetzt schrie Bea Ellens Namen. Sie kam schreiend die Treppe heruntergejagt und schlug Judy ins Gesicht.

»Wo ist sie? Wo ist sie, frage ich!«

Judy taumelte unter dem Schlag und stand dann wieder unbeweglich. Als sage sie einen Text auf, begann sie: »Jetzt dürfte Tante Ellen in Rom sein oder vielleicht in Athen. Sie hat die Weltreise angetreten, die sie immer schon vorhatte. Sie hofft, daß ihr das hilft, ihren Herzenskummer zu überwinden, nämlich, daß Lewis – ich meine Laurence Fenton – sie die ganze Zeit beschwindelt hat, und seinen tragischen Tod, eine sogar für ihn zu grausame Strafe. Sie meinte, wenn ihr von ihrem Vorhaben wüßtet, würdet ihr versuchen, sie davon abzubringen, und weitere Quälereien hätte sie nicht mehr durchgestanden.«

Bea war genauso vor den Kopf geschlagen wie Tom, kam aber als erste wieder zu sich.

»Das habt ihr ja schön eingefädelt, was? Du hast uns also seit gestern schamlos belogen –«

Wieder kicherte Judy nervös. Bea hob die Hand. Tom fing sie ab.

»Nein, Bea, laß es nicht an dem Kind aus.«

»Sie kann mich schlagen, soviel sie will.« Judys Gesicht war fahl bis auf den scharlachroten Streifen auf der einen Wange, aber ihre Augen und ihre Stimme jubilierten. »Es ist mir total egal, denn das Ganze hat sich wunderbar gelohnt.«

Zehntes Kapitel

Für Polizeiinspektor Mullins stank die Geschichte mit dem Wagen im Fluß zum Himmel. Was er brauchte, war eine Leiche, und zwar die von Fenton. Und die hatte er nicht.

»Aber das ist ja nicht Ihr Bier«, sagte man ihm auf dem Revier.

Doch Mullins hatte sich nun einmal in diesen Fall verbissen und gedachte nicht, ihn loszulassen. Kein aalglatter Engländer sollte glauben, man könne die irische Polizei so leicht hinters Licht führen. Obwohl ja die Suche nach Fenton offiziell weiterging – für alle Fälle.

Wenn Fenton nicht im Fluß lag, war er nicht weit gekommen. Der Wagen im Lee besagte gar nichts. Er war schlau genug, um genügend Zeit verstreichen zu lassen, er würde erst versuchen auszureisen, wenn ihm niemand mehr auf den Fersen war.

Wohin? In seine Heimat? Nein. Hier hatte er größere Chancen als in England, und wenn ihn noch nicht die Fische fraßen, saß er in Irland wie die Ratte in der Falle.

Warum aber fand man ihn nicht? Zwar waren noch genügend Touristen in der Gegend, zwischen denen er sich verstecken konnte, doch die traten gewöhnlich paar- oder gruppenweise auf. Ein alleinreisender Engländer war recht ungewöhnlich und ziemlich leicht auszumachen. Aber es fehlte jede Spur von ihm.

»Ganz unter uns«, sagte Mullins' Vorgesetzter, »es ist total piepe, ob Fenton noch auf dieser Welt oder schon in der nächsten weilt, solang er außerhalb unserer Gerichtsbarkeit bleibt. Wir brauchen uns nicht den Kopf darüber zu zerbrechen.«

Ein weises Wort des Chefs im Sinne von »Wecke nie

schlafende Hunde!« war mit Sicherheit ergangen. Man würde also keinerlei Rückhalt finden, wenn man einen Skandal entfesselte, der vielleicht auf die großen Tiere abfärbte. Selbst im Falle eines Erfolges machte man sich nicht Liebkind.

Mullins aber riskierte weiter jede Menge Ärger und schnüffelte überall herum. Er förderte einige sonderbare Details zutage.

Miss O'Sullivans Nichte war im Haus der Tante geblieben, bis das liebe Tantchen mit ihrem verwundeten Herzen auf Weltreise ging, wann auch immer das gewesen sein mochte. Denn niemand hatte Tantchen wegfahren sehen. Weder im Wagen noch im Taxi. Der Dr. Tom und seine Schwester waren Hals über Kopf herbeigeeilt, als sich der Boyfriend als das entpuppte, was er war, aber weder an diesem noch am nächsten Tag waren sie hineingegangen, hatten nur am Fenster mit dem Mädchen gesprochen.

Die wenigen, die dieses interessante Phänomen beobachteten, meinten, es spräche für ein böses Zerwürfnis zwischen Miss O'Sullivan und ihrer Familie, daß sie nicht mal mehr mit ihnen reden wolle. Naheliegenderweise seien sie sehr böse auf das törichte Frauenzimmer, das sich mit einem solchen Kerl ins Gerede gebracht hatte. Wenn nicht noch mehr dahinter steckte. Vielleicht.

Dr. Tom und seine Schwester waren abends gekommen und hatten das Kind abgeholt. Miss O'Sullivan war nicht erschienen, auch bei dieser Gelegenheit nicht. Sie schien schon unterwegs gewesen zu sein, denn danach blieb das Haus verschlossen. Mit der Abreise war es wohl sehr schnell gegangen.

Auch der »Alte Kuriositätenladen« war geschlossen. Das Fenton-Mädel war in eine Wohnung nach Cork gezogen, um nicht Brennpunkt der allgemeinen Aufmerksamkeit zu sein.

»Die hängt noch rum, bis sie Nachricht über ihren Vater hat – armes Ding«, sagte der Polizeichef. »Man hat mir vertraulich mitgeteilt, daß sie drüben in England nicht belangt werden wird. Hat doch keinen Zweck, ein Mädel in dem Alter dafür zu verdonnern, daß sie ihrem Vater geholfen hat, noch dazu, wo der arme Mensch tot ist.«

Wusch da eine Hand die andere? »Das sind Klasse-Wohnungen«, äußerte Mullins nachdenklich.

Es sah so aus, als habe Miss O'Sullivan, das arme weichherzige Wesen, ihre Anwälte instruiert, daß sie für Julie Fenton sorgen sollten. Mullins fragte nicht, wann diese Instruktionen ergangen seien. Wer zuviel fragte, bekam einen Rüffel, vermutlich hatte sich nie jemand dafür interessiert, zu welchem Zeitpunkt Miss O'Sullivan was getan hatte. Man hatte es für vollständig irrelevant gehalten.

Im Pub, über einem Bier, das er mit einem der Anwälte trank, befriedigte Mullins seine scheinbar müßige Neugier, war er doch mit dem Fall befaßt gewesen und durfte daher ein schwaches Interesse zeigen.

»Eine ganz kesse Biene, das Mädel«, sagte er mit lasziv zugekniffenem Auge, um anzudeuten, es gäbe keinen Grund, über sie zu schweigen.

Also wie war das? Nicht lange nachdem sie in ihrem Schlafzimmer so gut wie im Koma lag, hatte doch Miss O'Sullivan – trotz des Drängens ihrer Familie stand sie noch immer auf der Warteliste für einen Telefonanschluß – von irgendwoher ihre Anwälte angerufen. Eine wunderbar schnelle Genesung! Mullins duldete gerne die Versuche der Kriminellen, ihn hereinzulegen, das gehörte zum Spiel, aber bei angeblich gesetzestreuen Bürgern nahm er sie übel.

Er brannte darauf, der Sache nachzugehen, doch er wartete und verstellte erst einmal dem Coleman-Töchterchen, dieser Judy, in der Nähe ihrer Wohnung den

Weg. Sie war eine der engsten Vertrauten ihrer Tante und damit sicherlich die einzige, die wußte, wann die Tante abgezischt war.

Das würde sie natürlich nicht sagen. Ebensowenig, wohin. Wenigstens nicht absichtlich.

»Ach, die Welt ist doch wirklich klein. Wie geht's denn, Miss Coleman? Sie haben mich sicher schon vergessen?«

An der Art, wie sie bei seinem Anblick zusammenfuhr, merkte er, daß das nicht der Fall war. Warum ging sie instinktiv in Verteidigungsstellung? Jetzt glaubte er zu wissen, warum er hundertprozentig sicher sein wollte, ehe er klein beigab.

»Wir haben uns im Haus Ihrer Tante getroffen, damals, als es in Dunhaven den Ärger gab, wissen Sie noch?«

Er konnte sehen, wie ihr Gehirn arbeitete. Sie strebte weg, fürchtete aber, ihm das dadurch zu zeigen, daß sie es *zu* eilig hatte.

»Ja, jetzt erinnere ich mich.« Sie machte einen beherzten Versuch zu lachen. »Sie sind doch der Polizist, der mich mit der Geschichte von dem ausgebrochenen Sträfling zu Tode erschreckt hat.«

»Oh, das wollte ich nicht. Tut mir leid. Aber gestimmt hat es trotzdem.«

»Ja, sicher, in gewisser Weise. Aber ich meine, Sie haben doch Mr. Forde, ich meine Mr. Fenton gar nicht gekannt? Er war nicht der Mensch, vor dem man Angst haben muß, wirklich nicht.«

»Ja, das habe ich gehört. Der Ärmste, der Ärmste. Er hat für seine Vergehen sehr teuer bezahlen müssen. Warum ich zu Ihnen herüberkomme: ich wollte mich nach Miss O'Sullivan erkundigen. Ich hab mir seit damals Sorgen gemacht, ob Sergeant Breen und ich sie nicht doch gestört haben, als wir so im Haus herumpolterten.«

»Nein, Sie waren fabelhaft rücksichtsvoll. Sie hat nicht mal gemerkt, daß Sie da waren.«

Wohl kaum, Liebchen.

»Da bin ich aber erleichtert, daß wir ihr nicht geschadet haben. Wie ich höre, ist sie zur Erholung weggefahren.«

Jetzt fängt sie an zu hoffen, daß ich nur ein geschwätziger Langweiler bin. Aber ganz sicher ist sie nicht.

Es entstand eine Pause, ehe sie sagte: »Ach, diese Reise hat sie schon immer vorgehabt.«

»Wahrscheinlich nach Griechenland, was? Meine Alte und ich wollen da nächstes Jahr hin.« Er lachte. »Heutzutage wollen anscheinend alle da hin, aus dem gleichen Grunde wie wir, nehm ich an: man kriegt dort noch was fürs Geld.«

Jetzt wurde sie ausgesprochen unruhig. Genau so wollte er sie haben.

»Eigentlich macht sie eine Reise um die Welt.«

»Die Glückliche. Ich glaube, diese Traumschiffe sind heutzutage in Sachen Luxus absolute Spitze.«

»Ja, das glaube ich auch. Aber so eine Inklusiv-Reise wäre nichts für Tante Ellen.«

Natürlich nicht, weil man ihren Namen auf der Passagierliste finden könnte, nicht wahr?

»Sie hat keinen festen Fahrplan. Sie reist einfach ins Blaue, wie es ihr paßt.«

Gut gemacht für dein Alter, meine Kleine. Aber noch beherrschst du nicht die Kunst, höflich anzudeuten, daß es mich nichts angeht, ohne daß ich daraus schließen muß, es ginge mich sehr wohl was an.

»Im Ernst, Ihre Tante imponiert mir mächtig mit ihrer Unternehmungslust. Das Großartige an einem Flugplatz in der Nähe ist eben, daß man einfach losfliegen kann, wann man Lust hat. Außer man ist an einen Arbeitsplatz gebunden.«

»Sie ist nicht von Cork aus abgeflogen.«

Nein, Schätzchen, der Flughafen von Cork ist zu klein und zu leicht zu kontrollieren, nicht wahr?

»Sie hat sich bis Dublin mitnehmen lassen von ein paar Freunden, die dort wohnen und gerade heimfuhren.«

Das sieht doch jeder sofort, Sergeant Breen, daß das ein ganz herziges Dingelchen ist.

Hinter den Augen flitzten ihre Gedanken herum wie die Mäuse und versuchten etwas zu verheimlichen. Und sie machte ihre Sache nicht mal schlecht.

»Sie ist eine miserable Briefschreiberin, aber aus dem Louvre hat sie mir Postkarten versprochen.«

Das war's dann also. Niemand, nicht einmal die eigene Familie wußte den Aufenthaltsort von Miss O'Sullivan, nur Miss Judy Coleman und Kriminalinspektor Mullins. Und auch diese zwei natürlich nur ungefähr – irgendwo in einer der sechsundzwanzig Grafschaften.

Ein letzter kleiner Punkt blieb noch zu klären. Miss O'Sullivan würde auf ihrer Lustfahrt nicht überall Schecks einlösen können. Sie brauchte viel bares Geld. Sie hatte es. Am Tage von Fentons Verschwinden war bei der Bank eine stattliche Summe in bar abgehoben worden. Das beseitigte die letzten Zweifel.

Alsdann: wenn Fenton an einem vorher verabredeten Treffpunkt wartete – wahrscheinlich an einem abgelegenen Ort auf dem Lande, den er zu Fuß erreichen konnte, vielleicht zehn, fünfzehn Meilen stromaufwärts von der Stelle, wo er seinen Wagen hatte absaufen lassen –, wie würden sie sich zusammenfinden? Sie würden kaum Hand in Hand weiterwandern. Angenommen, sie war durch die Hintertür entschwunden, hatte vor der Stadt einen Bus genommen ...

Im zweiten Leihwagengeschäft von Cork, das er

aufsuchte, stellte er fest, daß eine Miss Ellen O'Sullivan aus Dunhaven sich am genannten Tag einen Leihwagen genommen hatte.

Von da an war alles Routine. Der Wagen war in einem Autohaus unweit Waterford zurückgegeben worden.

Von einer anderen Firma in Waterford hatte sich ein gewisser Henry Bates – Engländer, auf Urlaub, mit irischer Frau – einen Wagen gemietet, der in Rosslare stehengeblieben war. Von dort hatten Mr. und Mrs. Martin Simpson einen Wagen nach Limerick genommen.

»Der Leihwagen, den sich Mr. und Mrs. Edmond Blair in Limerick genommen haben, ist noch nicht wieder zurückgestellt. Ich möchte wetten, daß sie sich immer noch Mr. und Mrs. Blair nennen. Sie glauben sicher, ihre Spuren sind mittlerweile gut verwischt. Fenton muß schwer dafür geblecht haben, sich so viele Papiere für alle Eventualitäten zu verschaffen, als er aus dem Kittchen entwischte.«

»Wenn eine ehrbare Frau mittleren Alters mal über die Stränge haut«, sagte der Polizeichef mitleidig, »kommt immer das dicke Ende nach.«

»Sie sind überall nur in Nobelhotels abgestiegen. Dieser Fenton drückt sich nicht irgendwo in ›Bed and Breakfast‹ herum – der nicht«, sagte Mullins aufrichtig anerkennend. »Paßt zu den zweihundert Pfund, die er mit dem Wagen weggeschmissen hat. Das war ein Geniestreich.«

»Aber eben doch nicht genial genug, was? Es kommt mir so vor, Mullins, als ob Sie mit mehr als dem üblichen Diensteifer an diesem Fall arbeiten.«

»Tja, ich weiß auch nicht. Schließlich ist die Tochter ein Mädchen. Man muß schon ein ziemlicher Schweinehund sein, wenn man ein so nettes junges Ding in seine dreckigen Spielchen mit reinzieht!«

Aus dem Schlafzimmerfenster sah Judy Onkel Toms Wagen die Einfahrt heraufkommen. Und das um acht Uhr morgens! Er stieg aus, blieb stehen und sah zu Boden. Seine Schultern waren gebeugt. Als Judy zum Frühstück hinunterging, begann sie zu zittern, obwohl ihr nicht kalt war. Sie konnte einfach nicht aufhören zu zittern. Es war scheußlich.

Die Eßzimmertür war geschlossen. Onkel Tom war schon drin mit den anderen. Sie redeten. Manchmal mehrere gleichzeitig. Sie sprachen leise, das bedeutete, daß die Haushaltshilfe in der Küche war.

Judy öffnete die Tür. Sofort verstummten alle und sahen sie an. An ihren Gesichtern merkte sie, warum. Mutter zischte durch so fest zusammengebissene Zähne, daß ihre Backenknochen vortraten: »Komm rein und mach die Tür zu.«

Alle blickten kalt und hart, außer Desmond. Er versuchte ihr beizustehen, indem er hastig sagte: »Komische Sache, Ju. Fentons Ertrinken war ein Bluff. Man hat ihn in Galway aufgegriffen.« Seine Augen warnten: gib ja acht, der Ärger, den du hast, ist gar nichts im Vergleich zu dem, der dir bevorsteht, wenn du jetzt nicht aufpaßt. »Es wird dich sicherlich sehr erschrekken, aber Tante Ellen ist gar nicht auf Weltreise gegangen, wie sie dir gegenüber behauptet hat. Sie war bei ihm.«

Nun war es da. Es hatte kommen müssen, aber man mußte sich an eines halten: die sechs Tage hatten sie miteinander gehabt.

Mutter hatte zwar das Rauchen aufgegeben, tastete jetzt aber wie blind nach Desmonds geöffnetem Zigarettenetui auf dem Tisch.

»Bist dir sehr schlau vorgekommen, uns alle hinters Licht zu führen, du freche kleine Lügnerin? Daß du selber hereingelegt werden könntest, ist dir wohl nicht eingefallen?« Sie wirkte wie eine Betrunkene, als sie jetzt versuchte, die Zigarette in den Mund zu stecken. »Wie du siehst, bist du nicht die einzige, die andere Leute austricksen kann!«

Judy war an der Tür stehengeblieben. Keiner aß, hin und wieder nahm einer einen kleinen Schluck Tee. So als wollte er seine Hände beschäftigen. Jetzt redeten sie wieder alle durcheinander.

»Fenton wird keine Berufung gegen den Auslieferungsantrag einlegen, daher wird es hier zu keiner langwierigen Gerichtsverhandlung kommen. Und gegen Ellen wird keine Anklage erhoben.«

»Wenigstens eine Kleinigkeit, für die man dankbar sein sollte. Aber einiges Aufsehen gibt es bestimmt. Man kann nicht still und heimlich von den Toten auferstehen. Und auch nicht mit einem Kriminellen in ganz Irland herumhuren.«

Das war das einzige, was ihnen Sorgen machte: daß die Leute es erfahren würden. So lange die Leute es nicht erfuhren, konnte man tun, was man wollte. Judy war fast sicher, daß der Vater manchmal Ehebruch begangen hatte, und die Mutter auch. Vermutlich auch Onkel Tom, obwohl vorsichtshalber sicher nicht mit einer Patientin. Das ging alles in Ordnung. Nur Liebe war etwas Unrechtes, die Liebe für immer und ewig, ganz gleich, was der tat, den man liebte. Die Welt hinter sich lassen und nur füreinander da sein.

»Ich sehe den Sinn der ganzen Spritztour nicht ein. Die beiden können doch nicht im Ernst gehofft haben durchzukommen?«

»Für Ellen bestand der ganze Sinn darin, diesen Mann um jeden Preis ins Bett zu bekommen. Seine Gründe liegen vermutlich jenseits dessen, was Durchschnittsmenschen wie wir begreifen, aber ihr könnt euch darauf verlassen, daß sie sorgsam überlegt waren.«

Wie gemein sie alle waren!

Judy überlegte, ob sie unbemerkt verschwinden könne. Doch dann wollte sie doch lieber tapfer sein und dableiben. Ob sie aber dafür tapfer genug war? Sie hatte Schreckliches durchgemacht, seit die Familie herausbekommen hatte, daß sie in Dunhaven hinters Licht geführt worden war, doch das ließ allmählich nach, weil sie ja nicht ewig darauf herumharfen konnten. Würde sie es ertragen, daß alles wieder von vorn anfing und diesmal noch schlimmer?

»Setz dich und frühstücke! Hoffentlich bist du jetzt recht stolz auf dich, wo du siehst, was bei deinen Kapriolen herauskommt.«

Judy rührte sich nicht. Sie konnte es nicht. Wenn sie es täte, würde sie vielleicht umfallen. Sie hielt sich am Türpfosten fest.

Desmond fragte: »Ist was, Ju? Du kommst mir recht wackelig vor.«

Vater sagte ungeduldig: »Jetzt hör auf mit dem Theater, komm her und setz dich. Wir haben dir bereits gesagt, was wir von deinem Benehmen halten und wie traurig es für uns ist, daß wir dir lange Zeit nicht mehr werden glauben können. Wir haben nicht vor, dem noch etwas hinzuzusetzen. Aber wenn du noch einen Rest Achtung vor deiner Tante hast, Judy, nach der Art, wie sie dich hintergangen hat, wird es dir Strafe genug sein zu hören, daß *du* es warst, die uns gehindert hat, sie vor dem Ruin zu bewahren.«

Er begann eine Scheibe Toast zu zerkrümeln.

»Ich finde wirklich, Tom, das Widerlichste an der ganzen schmutzigen Geschichte ist, daß Ellen ein Kind, das an ihr hing, so schamlos ausgenutzt hat.«

Onkel Tom schüttelte den Kopf über der Teetasse hin und her, hin und her. Es wäre komisch gewesen, wenn ihm der Kopf abgefallen und in die Tasse geplatscht wäre.

Mutter sagte: »Ich habe immer gewußt, wie Ellen ist.«

Was auch immer man jetzt auszustehen hatte, es war rein gar nichts verglichen mit dem, was Tante Ellen jetzt auszustehen hatte. Aber sie würde sich dem mutig stellen, kerzengerade.

Auch Judy richtete sich kerzengerade auf.

»Ihr wißt nicht, wie sie ist. Keiner von euch weiß, wie sie ist. Ihr könnt es gar nicht wissen, weil ihr nur Leute kennt, die so sind wie ihr! Sie hat mich nicht angelogen, natürlich nicht. Ich wußte, daß sie zu Lewis fährt – ich meine, zu Laurence.«

Mutter gab einen sonderbar gurgelnden Laut von sich und versuchte sich mit beiden Händen auf der Tischplatte hochzustemmen. Sie duckte sich wie ein Tier, das zum Sprung ansetzt.

Vater legte ihr die Hand auf den Arm und sagte heiser: »Nicht! Laß sie ausreden. Wir wollen endlich mal hören, was an der Geschichte wahr ist.«

»Sie hat mich auch nicht schamlos ausgenutzt. Wir haben sehr mit ihr kämpfen müssen, Laurence und ich, ehe ich seinen Plan durchführen durfte, euch hinzuhalten. Aber wir haben ihr klargemacht, daß es für sie keine andere Chance gab, zu ihm zu kommen und dann gemeinsam alle Welt von ihrer Spur abzulenken. Sie brauchten diese Zeit des Zusammenseins, um sich später daran zu erinnern, wenn sie nicht mehr zusammen sind. Sie mußten sie haben. Weil sie sich nämlich lieben, ich sage euch, sie lieben sich, und das ist viel wichtiger als das, was mir vielleicht passiert.«

Alle saßen regungslos und stumm und starrten sie an, jeder mit einem anderen Gesichtsausdruck, alle sonderbar. Am liebsten hätte sie über sie gelacht. Sie merkte gar nicht, daß sie weinte, erst als ihr ganzes Gesicht naß war und die herunterlaufenden Tränen sie kitzelten.

Sie wischte sie mit beiden Händen energisch ab.

»Ich meine, direkt umbringen könnt ihr mich ja nicht, oder? Sie hat gesagt, sie ist eine schlechte, egoistische Tante, aber das war sie nicht. Es ist bloß, daß die Art von Liebe, die sie füreinander haben, wichtiger ist als alles andere oder sonst jemand auf der Welt.«

Sie fing wieder an zu zittern, versuchte es zu unterdrücken, aber es wollte nicht aufhören.

»Und ihr habt geglaubt, daß Tante Ellen mich in Schwierigkeiten bringen wollte, nur um sich euer Gemecker zu ersparen! Ihr seid so blöd, daß ihr sogar diese Lüge von mir geschluckt habt. Merkt ihr denn nicht, daß ihr nicht die geringste Ahnung von ihr habt?«

Sie rieb sich heftig die Augen, aber die Tränen rollten weiter. Seltsame Tränen, bei denen sie nicht schluchzte oder so was. Die Tränen flossen einfach immer weiter. Sie flossen für Tante Ellen und Laurence.

Onkel Tom sagte: »Ich glaube, es wird Zeit, der Sache ein Ende zu machen, Bea!«

»Deine Pillen hat Tante Ellen ins Kopfkissen gespuckt, Onkel Tom. Ärzten was vorzumachen ist kinderleicht. Bei Krankenschwestern klappt so was nie. Aber sie hat sie mitgenommen. Sie sagte, vielleicht käme eine Nacht, wo sie sie brauchen würde.«

Ihr Mund, ihre Lippen schmeckten ganz salzig. Es war, als schwämme man in der See. Sich wappnend gegen eine See von Plagen ... Dummer alter Shakespeare! Wie konnte man sich wappnen gegen eine See. Sie kicherte ein bißchen über den dummen alten Shakespeare.

»Vielleicht braucht sie sie heute nacht.«

»Geh wieder nach oben und leg dich hin«, sagte Mutter. Nicht einmal böse. Alles war so sonderbar. »Ich bring dir ein Frühstückstablett und ein paar Aspirin.«

»Ach bitte.« Wieder hielt sich Judy am Türpfosten fest. »Ach bitte, könnte ich Tante Ellen sehen?«

Vater stand auf und kam auf sie zu. Er hatte sie noch nie im Leben geschlagen, auch nicht, als sie noch klein und unartig gewesen war, aber es war ja möglich, daß er jetzt eine fürchterliche Wut hatte.

Sie fuhr zusammen, zwang sich aber, nicht zurückzuweichen.

»Sie braucht jemand verzweifelt nötig, und sie hat doch nur mich.«

Vater legte ihr beide Hände auf die Schultern und blickte auf sie herab. Gar nicht böse. Sie sah zu ihm auf, um ein bißchen Mitgefühl mit Tante Ellen bettelnd.

»Ich kann nicht so tun, als täte es mir leid, ich mußte es tun, aber ich verspreche euch, daß ich dich und Mutter nie wieder anlüge. Nur sie ein paar Minuten sehen. Ach bitte.«

Er blickte noch immer auf sie herab, holte dann sein Taschentuch heraus, trocknete ihr die Augen und strich ihr das Haar aus der Stirn.

»Liebes Kind, wir wissen nicht, wo sie ist. Sie und das Fenton-Mädel haben heute morgen das Land verlassen.«

Elftes Kapitel

Nichts dauert ewig. Ellen hatte einen Londoner Frühling kommen und gehen sehen, und jetzt blühten wieder die Mandelbäume und die Narzissen, und der Verkehr auf Piccadilly wurde zum silbrigen Glitzern. Rings um die Halbinsel daheim würde das Meer blau funkeln (wenn es nicht gerade einer der sanften Nebeltage der Westküste war), und ganz Knockaulin war erfüllt vom Honigduft des Ginsters, stark und berauschend wie Met.

Doch vermutlich war an der alten Stelle der Boden seit langem geglättet und begrünt und Gartenblumen wuchsen geordnet in Beeten, damit die Holländer aus ihrer gezähmten Oase behaglich auf die wundervolle Wildnis ringsum blicken konnten, die sie hergelockt hatte.

Ellen hatte beide Arme voller Pakete mit Dingen, die Laurence gerne aß, und nur noch fünfzehn Minuten Zeit, um in Edward Dennings Büro zu fahren. Trotzdem blieb sie an einem Blumenstand stehen, kaufte Narzissen und Freesien, um den Frühling in die Wohnung einzulassen, und nahm dann ein Taxi.

Daß Laurences Anwalt zugleich sein Freund war, hatte den Umgang mit ihm leicht und angenehm gemacht. Ellen hatte ihn gern, um seiner selbst willen, aber auch weil er im Wesen etwas an Laurence erinnerte. Sie vermutete, daß seine Praktiken nicht ganz einwandfrei waren, aber auch darin war er Laurence nicht unähnlich.

Als sie eintrat, begrüßte er sie mit dem gewohnten freundlichen Lächeln und Händedruck.

»Hatten Sie nicht gesagt, daß Sie Laurence gestern besuchen wollten?« fragte sie.

»Ja, ich war gestern bei ihm.«

Ellens letzter Besuch lag drei Wochen zurück. In anderthalb Jahren hatten sie insgesamt siebzehn Stunden gehabt, um für die dazwischenliegende Zeit einer beim anderen Kraft zu tanken. Auch wenn sie ihn morgen für immer haben würde, sehnte sie sich danach, etwas über ihn zu hören. Doch Edward kam gleich zum Geschäftlichen.

»Die Brüder Drew sind wir jetzt endlich los. Es war nicht gerade billig.«

Er legte ihr ein Dokument vor. Es war eine Verzichtserklärung auf alle Ansprüche Laurence Fenton gegenüber. Eine finanzielle Entschädigung war nicht erwähnt. Wegen der Antipathie der Brüder Drew gegen Schecks hatte Ellen den verlangten Betrag von ihrer Bank abheben und hierherbringen müssen: nach Edwards besorgten Instruktionen in einem Geldgürtel um die Taille.

»Noch weiter herunterhandeln konnte ich sie nicht. Sie wußten ganz genau, daß wir weitere Schritte gegen Lewis bei seinen Vorstrafen nicht riskieren können. Auch wenn sie selber einen miserablen Ruf haben. Daher hatten sie mich arg in der Klemme.«

Ellen wußte es. Sie war vollständig vertraut mit den komplizierten Details dieser Transaktion, bei der sich Laurence dadurch übernommen hatte, daß er sich noch größere Gauner zu Partnern nahm, als er selber einer war.

»Wichtig ist nur, daß Laurence morgen früh völlig ungehindert Pentonville verlassen kann.«

»Das kann er. Leider habe ich keine Quittung für Sie. Die Drews scheuen Quittungen ebenso sehr wie Schecks.«

Ellen sagte, das überrasche sie nicht.

Ungewohnt förmlich sagte er: »Ich finde Ihr unerschütterliches Vertrauen in diese und auch alle übrigen Phasen des Geschäfts höchst anerkennenswert.«

Sie sagte schlicht: »Laurence hat gesagt, daß ich Ihnen vertrauen kann.«

»Bei einer Klientel, die zugegebenermaßen im allgemeinen wenig vertrauenswürdig ist«, sagte er ironisch, »muß man selbst absolut vertrauenswürdig sein, wenn man mit heiler Haut davonkommen will.«

Er lächelte charmant. Wenn er lächelte, erinnerte er sie an Laurence.

»Zu dieser cholerischen Kategorie zähle ich natürlich weder Sie noch Laurence. – Um diese Zeit trinke ich meist Kaffee. Ich hatte gehofft, Sie würden heute mithalten.«

Ellen wußte, er war ein vielbeschäftigter Mann, doch als er auf die Klingel drückte, wurde sofort ein Tablett hereingetragen, auf dem zwei Tassen, ein paar Kekse und ein Teller mit Kuchen standen, die, wie sie annahm, extra für sie gedacht waren. Er gab Anweisung, ihn auf keinen Fall zu stören.

Einige Augenblicke rührte er schweigend in seinem Kaffee, schien sich fast zu lange darauf zu konzentrieren. Dann lächelte er ihr wieder zu.

»Wie Sie wissen, ist Laurence einer meiner ältesten Freunde, aber inzwischen liegen mir Ihre Interessen genauso am Herzen. Hoffentlich nehmen Sie es mir nicht übel, wenn ich Ihnen ein paar persönliche Fragen stelle.«

»Aber nein, überhaupt nicht. Fragen Sie nur. Sicher wissen Sie schon das meiste, was es über mich zu wissen gibt.«

»Achtzehn Monate in London haben weder Sie noch Ihren irischen Akzent im geringsten ändern können«, sagte er amüsiert. Doch dann verflog das Vergnügliche, er spielte wieder mit dem Kaffeelöffel. »Ellen, diese neue Erpressung zusätzlich zu Ihrer Zahlung von Laurences Steuerrückständen und Ihre großzügigen Zuwendungen an Jassy müssen ein Riesenloch in Ihre

Finanzen gerissen haben. Und dazu kommen noch Ihre Ausgaben hier. Das Leben in London ist nicht billig.«

»Ich habe nur ungefähr fünftausend Pfund übrigbehalten.«

Der glitzernde goldene Regen hatte sich aufgelöst wie Hexengold, aber das Geld war gut angewendet.

»Viel ist das nicht«, sagte sie, weil er das sicher für nicht viel hielt (ihr selbst wäre es noch vor nicht allzu langer Zeit wie ein Riesenvermögen vorgekommen), »aber es genügt für einen neuen Anfang.«

»Ich habe mir ungefähr ausgerechnet, daß Sie viel mehr nicht haben können. Schade, daß Sie Ihre Investments zu einem so ungünstigen Zeitpunkt realisieren mußten.«

Wieder trat eine Pause ein. Er ließ sie nicht aus den Augen.

»Während Sie hier festsaßen, müssen Sie sich oft gewünscht haben, wieder ruhig und friedlich auf dem Lande zu leben.«

Dieser ungewöhnliche Mangel an Scharfsinn wunderte sie. Er hätte eigentlich wissen müssen, daß sie während der Trennung von Lewis nicht irgendwo leben konnte, wo es für sie nichts zu tun gab, als Tag und Nacht an ihn zu denken, sondern hier, wo sie ihm näher war, auch wenn sie ihn nicht sah, und wo sie genügend Beschäftigung fand.

»Ach, keinen Augenblick«, sagte sie.

»Ich meine natürlich abgesehen von den besonderen Umständen. Ja. Schade, daß Sie auch Ihr Haus verkaufen mußten. Stehen Sie in Verbindung mit Ihren Angehörigen?«

»Kurz nach meiner Ankunft hier habe ich an Judy geschrieben – das ist meine Nichte – und ihr gedankt für alles, was sie für mich getan hat. Meinem Bruder habe ich die beiden letzten Weihnachten eine Karte geschrieben, damit er weiß, daß ich noch lebe. Das ist alles. Eine Adresse habe ich nie angegeben.«

Er runzelte die Stirn.

»Die Meinen haben Laurence verraten, und ich habe ihnen Schande gemacht. Briefe zwischen uns können nichts anderes sein als entweder wütend oder verlogen.«

So sentenziös, wie es auch wieder nicht zu ihm paßte, sagte er: »Die Zeit teilt, heilt und eilt.«

»Es müßte schon ein Wunder geschehen, um sie oder mich zu ändern. Wir haben versucht, eine Familie zu sein, und es ging nicht. Daran hat keiner schuld, sie nicht und ich nicht. Falsch wäre nur, nicht einzusehen, daß wir getrennt besser dran sind.«

»Nun ja, manchmal«, sagte er zusammenhanglos. »Nach dem, was Sie mir über ihn erzählt haben, glaube ich immer noch, daß Ihr Bruder vielleicht eines Tages wieder zu Ihnen findet. Ja. Haben Sie schon feste Pläne für die Zukunft?«

»Nur daß wir heiraten.«

Sie versuchte es ruhig zu sagen, aber ihr Herz begann zu hämmern. »Danach erst wollen wir anfangen Pläne zu machen.«

»Aha. Ja. Laurence scheint ebensowenig feste Pläne zu haben. Gestern kam er mir besonders unentschlossen vor. Ich konnte ihn eigentlich gar nicht begreifen. Wahrscheinlich begriff er sich selber nicht.«

Er hielt inne.

»Er hat mir erzählt, daß Sie ihn morgen früh nicht am Tor erwarten werden.«

»Nein. Er möchte nicht, daß wir den ersten Tag im Schatten des Gefängnisses anfangen. Ich erwarte ihn zu Hause.«

»Ich verstehe.«

Er schien nichts mehr sagen zu wollen. Sie stand auf.

»Ich möchte Ihnen schon jetzt für alles danken, die

viele Arbeit, das viele Nachdenken und die Zeit, die Sie geopfert haben. *Go raibh mile math agat,* tausendmal Dank!«

»Was habe ich anderes getan, als Sie an den Bettelstab gebracht?«

Er lächelte nicht über den eigenen Witz.

»Hoffentlich geht alles gut für Sie, Ellen. Ich hoffe es aufrichtig.«

Auch beim Händeschütteln lächelte er nicht. »Wenn Sie je glauben, ich könnte Ihnen von Nutzen sein, zählen Sie auf mich. Denken Sie daran, Ellen.«

Sie war viel länger bei Edward Denning geblieben, als sie sich vorgenommen hatte, und mußte wieder ein Taxi nehmen, weil Jassy bald kommen würde.

Die Wohnung war schön, hierhin kehrte man gerne heim. Das mußte auch so sein bei der Wahnsinnsmiete. Vor zwei Tagen war sie hier eingezogen, nachdem sie in der Nähe von Pentonville ein möbliertes Zimmer bewohnt hatte. Die nächsten vier Wochen würden Laurence und sie hier ein behagliches Zuhause haben, weit über ihre Verhältnisse – ehe sie in die Welt hinauszogen.

Neuseeland? dachte Ellen, während sie zwei Vasen mit Wasser füllte. USA? Hongkong? Oder doch Großbritannien? Der Spielraum war groß, und es gab Millionen interessanter Möglichkeiten für zwei gesunde Leute, sich ihren Lebensunterhalt zu verdienen. Auf ehrliche Weise.

Die Osterglocken und die Freesien standen nur stocksteif da. Zu etwas anderem waren Blumen bei Ellen nie zu bewegen. Es gab Kurse fürs Blumenstecken, falls Leute für solche Nebendinge Zeit übrig hatten. Doch Ellen hatte sich darauf konzentriert, wirtschaftlich ergiebigere Kenntnisse zu erwerben. Sie hatte einen Sekretärinnenkurs besucht, einen Französischkurs und einen Lehrgang für Automechaniker. Von dem Mechanikerkurs zu hören hatte Laurence sehr amüsiert.

Ha, dachte Ellen gerade, vielleicht eine Autowerkstätte in Quebec? Betreffend Ihre Zuschrift vom siebenten dieses, Monsieur, haben wir das Vergnügen, Ihnen laut Bestellung *toute de suite les deux automobiles* zu liefern. Heute konnte sie so übermütig und albern sein, wie sie wollte.

Jassy war pünktlich, wie immer. Sie hatte von Anfang an klargestellt, daß sie diese Kurzbesuche einmal monatlich im möblierten Zimmer – während deren sie kalt und höflich zu Ellen war – nur auf Anweisung ihres Vaters absolvierte. Ellen war nicht ganz sicher gewesen, ob sie die ihr sichtlich lästige Verabredung an diesem letzten Tag auch in der neuen Wohnung einhalten würde.

Sie sah entzückend aus. Sie hatte sich viel besser herausgemacht, als Ellen gehofft hatte. Als sie Irland gemeinsam verlassen hatten, war Jassy wie eine Schlange gewesen: voller Gift, immer bereit zuzustoßen. Es war offenbar ganz unmöglich, daß sie miteinander lebten.

Auf Laurences Tochter aufpassen, ohne irreparablen Schaden bei ihr anzurichten, konnte Ellen nicht. Sie konnte nur von fern für das Mädel sorgen.

Allmählich legte sich Jassys gequälter Zorn über den Vater, und sie begann wieder zu genießen, daß sie am Leben, jung und schön war. Sie versuchte es mit mehreren Jobs, die – wenn auch sonst wenig – so doch Abwechslung und Glamour boten. Eine Weile war sie Mannequin gewesen, bei Viktor – einem so großen Star innerhalb dessen, was Jassy das Fetzengewerbe nannte, daß Ellen nicht einmal seinen vollen Namen kannte. Vor vier Wochen hatte er ihr einen riesigen, modern gefaßten Ring geschenkt.

Ellen hatte wohl diesen Schlagring unwillkürlich so angestarrt, daß Jassy nun auch auf ihn schaute.

»Pompös, was? Es ist übrigens kein Rubin, nur ein Granat. Für zeitweilige Freundinnen stürzt sich Viktor nicht in sagenhafte Unkosten. Aber er hat mir den größten Smaragd versprochen, den er finden kann. Wir werden heiraten, Ellen.«

»Meine herzlichsten Glückwünsche, Jassy.«

Es war anzunehmen, daß Jassy mehrere Ehemänner verbrauchen würde. Aber für ihre Begriffe war Viktor ein großartiger Anfang.

»Freut sich dein Vater darüber?«

»Alles eitel Sonnenschein«, sagte Jassy. »Natürlich ist Dad begeistert, daß sein kleiner Liebling raffiniert genug ist, jemand Reiches zu heiraten, und Viktor findet es sehr ›in‹, daß sein Schwiegervater ein Gentleman-Knastbruder ist. Seine letzten zwei Schwiegerväter waren stinklangweilige Spießer.«

Ellen fühlte plötzlich schmerzliches Mitleid mit Jassy, bis ihr klar wurde, daß sie genau das vom Leben bekam, was sie sich wünschte. Wie anders konnte man versuchen, sein Glück zu machen?

»Ich könnte mir denken, daß Dad recht erleichtert ist, daß ich mich von dem fürchterlichen Vaterkomplex befreit habe. Er muß ihm oft Sorgen gemacht haben. Gewiß, dafür war ich auch ein verläßlicher Kumpel bei den verschiedenen Dingern, die wir drehten. Aber für ein erwachsenes Mädchen ist so was doch entschieden ein Handicap.«

Sie drehte an ihrem Ring. Nervosität paßte gar nicht zu ihr. Irgendwie war sie heute ganz anders als sonst.

»Die Fentons kommen dich teuer, nicht wahr, Ellen? Ich hab mal alles zusammengerechnet, inklusive dessen, daß du eine so unfaßbar großmütige ›gute Fee‹ für mich warst, obwohl wir uns hassen.«

»Ich mag dich nicht besonders«, sagte Ellen. »Aber ich hasse dich nicht.«

Jassy sah sich in dem hübschen Raum um.

»Hierher umzuziehen muß auch eine Stange Geld gekostet haben.«

»Ewig werden wir nicht so weitermachen können, aber dein Vater muß in eine anständige Wohnung kommen.«

»Natürlich, etwas weniger Luxuriöses hätte es nicht getan. Und auch noch Blumen auf dem Altar, wie ich sehe.«

Jassy sprang auf.

»Blöd bist du, blöd, blöd. Irrsinnig blöd. Glaubst du tatsächlich, mein Vater – *mein Vater!* – könnte vorhaben, mit dir ein Leben von neun bis fünf zu führen? Glaubst du tatsächlich, ein Mann wie mein Vater würde überhaupt ein Leben mit einer Frau wie dir führen, wenn er anders könnte? Wie zum Kuckuck bringst du es fertig, dir immer noch was vorzumachen? Begreif doch, Geld war alles, was er jemals von dir wollte. Vom Gefängnis aus hat er dich weiter hingehalten, damit du den von ihm hinterlassenen Saustall in Ordnung bringst, bis du nichts mehr hast. Und jetzt kann er dich nicht mehr brauchen. Nie hätte ich gedacht, daß du mir mal leid tun würdest, aber irgendwie ist mir der Gedanke unerträglich, daß du morgen hier sitzt und darauf wartest, daß er zu dir kommt.«

Ellen blieb stumm und ließ das Mädchen sich austoben. Tränen strömten über Jassys Gesicht. Sie wischte sie wütend weg und sah Ellen mit funkelnden Augen an.

»Du dummes Stück, du gottverdammtes, ich versuche doch nur, es dir leichter zu machen, begreifst du das denn nicht? Sitz nicht morgen hier herum und kau Nägel. Fahr wieder da hin, wo du hingehörst. Entschließ dich gleich, dann hast du's hinter dir. Du wirst meinen Vater nie wiedersehen.«

Tränenblind wandte sie sich um. Ellen erhob sich, doch Jassy war schon aus der Tür und fort. Während sie die Treppe hinunterlief, rief sie noch: »Und falls es dir von mir überhaupt was bedeutet: Danke!«

Um mich hat sie geweint, dachte Ellen voller Verwunderung. Jassy! Um mich! Es gab wirklich in allen Menschen tief verborgen noch immer wunderschöne Überraschungen.

Uhren machen nicht tick-tack, sondern ick-ock. Beim ersten Schlag um zwölf würde morgen sein. Es war Sünde, die Zeit wegzuwünschen, wo doch kein Leben genügend Zeit enthielt. Von morgen an würde sie wieder, wie früher immer, jeden Augenblick bewußten Lebens als die Kostbarkeit genießen, die er war.

Sie sah in den Spiegel über dem Kaminsims. Das gleiche Gesicht wie immer, unverändert, das Gesicht, das ihm gefallen hatte. Sie schaltete das Fernsehen ein, schaltete es wieder aus, nahm einen ihrer Leihbüchereibände zur Hand. Es war ein interessantes Buch. Sie würde jetzt wie ein vernünftiger Mensch mit dem Herumrennen aufhören und sich für die nächsten Stunden mit diesem guten Buch niederlassen. Doch da ging die Türglocke.

Es war Tom.

Er sagte: »Hallo, Ellen!« Er sagte es verlegen, stand auch verlegen da, ungewiß, wie er aufgenommen werden würde.

»Ach, Tom«, sagte sie und zog ihn herein.

»Du siehst gut aus«, sagte er höflich.

Er wirkte erschöpft und hohläugig. Sie sagte: »Setz dich doch.«

»Danke. Hübsch hast du es hier.«

»Ach Tom, lassen wir doch um Gottes willen das unnatürliche Getue. Ich freu mich aufrichtig, dich zu sehen, jetzt wo du mal da bist, wirklich, auch wenn du das vielleicht nicht glaubst, weil ich keinem von euch gesagt hab, wo ich bin. Jetzt erzähl mal, wie du mich gefunden hast.«

»Jassy Fenton hat an Judy geschrieben. Das Mädel hat anscheinend doch einen Funken Anstand. Sie hat gesagt, es sollte jemand von uns zu dir fahren und dich mit heimnehmen.«

Er stützte die Stirn in die Hand und bedeckte die Augen mit den Fingern.

»Jassy war ganz offen, sie gab zu, daß man dich bis auf den letzten Heller ausgeplündert hat, Ellen. Sie war schamlos offen.«

Ellen trat ans Büffett und mischte einen Whiskey mit Wasser so, wie sie sich erinnerte, daß er ihn gerne trank.

»Du siehst aus, als hättest du das nötig, Tom.«

»Ich hatte den ganzen Tag Patienten, und es war schon spät, als Judy mich endlich erreichte. Das Kind war beinahe außer sich. Mir war gar nicht klar, was für Vorwürfe sie sich macht, weil sie mitgespielt hat bei der Zerstörung deines Lebens.«

Traurig sagte Ellen: »Judy muß sich sehr verändert haben.«

»Ja, sie entwickelt sich zu einem sehr soliden, intelligenten Mädchen. Es gab keine Abendmaschine von Cork, darum mußte ich mit dem Wagen nach Dublin fahren. Ich komme direkt von Heathrow. Es war ein gehetzter, anstrengender Tag.«

»Ich mach dir ein paar Brote. Ruh dich aus, ich bin gleich wieder da.«

In der Küche öffnete sie ein Glas Appetithappen für Tom und kochte für sich einen starken Kaffee. Jetzt war es wenigstens keine Frage mehr, wie sie die Stunden bis morgen ausfüllen sollte.

Als sie das Tablett auf das Tischchen zwischen ihn und sich abstellte, sagte er: »Meine gute arme Ellen!«

»Mit mir hast du immer nur Last gehabt.«

»Ich hätte schon vor langer Zeit anfangen müssen, mich ein bißchen um diese Last zu kümmern.«

»Müssen wir die alten Geschichten wieder durchhecheln? Wenn Vater, Mutter und ich etwas in Knockaulin vermißt haben, so war es mehr als ausgeglichen dadurch, daß wir so zufrieden waren.«

»Wie sich herausgestellt hat, warst du dort besser dran.«

Ohne das Allerbeste je kennengelernt zu haben? Sie sprach es nicht aus.

»Ellen, du darfst nicht in London bleiben, du mußt morgen mit mir heimfliegen. Um meinetwillen und um deinetwillen. Wenn ich dir jetzt beistehe, ist das ein kleiner Ausgleich für – na ja, für die Zeit – von der wir nicht noch mal anfangen wollen. Nicht dorthin, wo du schon warst, das wirst du nicht wollen, ich weiß. Irgendwohin, wo du neu anfängst. Das kannst du nämlich, du hast viel Courage, ich werde dir den Rücken stärken. Du wirst noch glücklich werden.«

Er schien ihr Schweigen für Zustimmung zu halten.

»Ich hab schon das Flugticket für dich, für morgen. Und von Heathrow aus habe ich zwei Hotelzimmer bestellt. Du brauchst hier nicht allein zu übernachten.«

Überall nur Güte und Freundlichkeit. Jassy, die um sie weinte, Tom mit soviel Fürsorge und Rücksicht, als sei sie immer noch eine reiche Frau. Er war ihr nächster Verwandter, er hatte sie aufrichtig gern, er war ihr lieber Bruder. Sie war doch noch reicher, als sie geglaubt hatte. Bekümmert schüttelte sie den Kopf.

»Ach Tom, es ist schon schlimm, daß wir uns immer mißverstehen müssen.«

»Ellen, machst du dir wirklich immer noch Illusionen über diesen Laurence Fenton? Überleg doch mal: Wie tief muß ein Mann sinken, daß er dich beschwatzt, ihm als Tarnung für einen Fluchtversuch zu dienen.«

»Ach so, so siehst du die Sache?«

»Alle außer dir sehen ihn als das, was er ist, sogar die eigene Tochter.«

Geduldig sagte sie: »Wie soll ihn denn jemand außer mir wirklich kennen.«

»Du kennst ihn nicht, und ich bin froh darüber«, sagte er mit dem ersten und einzigen Anflug von Zorn, »weil ich nicht will, daß du lebenslang an einen Schurken gebunden bist, aber es ist mir arg, daß du wirst leiden müssen.«

»Wollen wir nicht das Beste daraus machen, daß wir beisammen sind, und das Morgen sich selbst überlassen?«

Er blieb fast bis Mitternacht. Er schien erstaunt, von ihren vielen Aktivitäten zu hören, so als habe er erwartet, daß sie am Fenster säße und riefe: Schwester Anna, Schwester Anna, siehst du nichts kommen?

In Cork war alles beim alten. Es hatte viel bösartigen Klatsch gegeben, doch dem, sagte er anerkennend, hatte Bea kühn die Stirn geboten und ihn auf amüsante Weise selbst zur Sprache gebracht. Er meinte, sie sei durchaus bereit, das Vergangene ruhen zu lassen.

Ellen lachte ihr Gluckerlachen und sagte: »Ja, aus der Entfernung!«

Ein wenig kleinlaut gab er zu, daß das stimmte. Am allerwütendsten sei sie darüber gewesen, daß Nummer Sieben verkauft wurde, noch dazu unter den Renovierungskosten – sie hatte tatsächlich horrende Summen investiert.

Ellen meinte, es sei doch gut zu wissen, daß selbst Bea gelegentlich den Kopf verlor.

Denis Coleman war wie üblich vollkommen damit ausgelastet, Profite einzustreichen. Owen und Desmond kamen bei ihren Studien zufriedenstellend vorwärts, und wenn sie etwas Unorthodoxes trieben, dann jedenfalls still und diskret.

»Alles bleibt sich gleich, *saecula saeculorum*«, sagte

er. »Was auch auf dem Grunde vor sich geht, du warst die Einzige, die einmal die Wasseroberfläche bewegt hat.«

»Das hat mir heute gut getan«, sagte er beim Weggehen und behielt ihre Hand in der seinen. »Du hast meine Hotelzimmer- und meine Telefonnummer. Ich warte darauf, daß du dich meldest.« Er drückte noch einmal fester zu. »Und wie lange wirst du morgen früh brauchen, Ellen, ehe du zugibst, daß du Laurence Fenton zum letzten Mal gesehen hast?«

Sie strich ihm zärtlich über die Wange.

»Wir dürfen nie wieder den Kontakt verlieren, guter alter Tom.«

Zwölftes Kapitel

Der Mond war rund wie ein Zifferblatt. Zwanzig Minuten nach Mitternacht. Die Wohnung ging auf den Regent's Park hinaus, Ellen konnte die Straße unten nicht sehen und nicht nach Laurence Ausschau halten. Er hatte nicht gewollt, daß sie sich vor dem Gefängnis in Pentonville trafen, auch nicht hier in der Halle, wo der Portier zusah und der eine oder andere Mieter vorüberkam. Sie würde morgen früh hier oben auf ihn warten. Hier konnte man die Tür gegen die Außenwelt schließen und war sofort allein in der eigenen Welt. So und nicht anders sollte es sein.

Auch damals in Killarney war Vollmond, als Lewis sie mitten in der Nacht weckte.

»Von Knockaulin bis Timbuktu weiß man, Miss O'Sullivan, daß im Mondschein schlafen Wahnsinn hervorrufen kann.«

»Soso. Ist das der einzige Grund, warum du mich geweckt hast?«

Es war nicht der einzige Grund.

Das war damals gewesen, in der ersten Nacht. Es blieben ihnen fünf Tage und fünf Nächte.

»Das, was von meiner Freiheit noch übrig ist, würde ich lieber mit dir zusammen verbringen«, hatte er gesagt, und als sie merkte, daß er davon nicht abzubringen war, hatte sie eingewilligt.

Dies eine Mal hatte ihr Verstand rascher gearbeitet als seiner. Sie hatte ihm vorgeschlagen, Dunhaven zu Fuß durch winkelige Nebengäßchen zu verlassen und sich durch überwachsene Heckenwege zu den Klippen durchzuschlängeln, dort hinunterzuklettern zu einem der unzugänglicheren kleinen Strände, dann hätten sie vielleicht an diesem warmen, sonnigen Tag noch ein paar kostbare Stunden miteinander, ehe man sie fand und trennte, oder ehe Dunkelheit und Kälte sie den Häschern entgegentrieb.

Nach kurzem Schweigen hatte er erwidert: »Ich wüßte vielleicht noch etwas Besseres. Du hast meinen ganzen Listenreichtum in Gang gesetzt.«

Nicht Stunden also, sondern Tage. Einmal sagte er: »Bis jetzt haben wir Glück gehabt. Wer weiß, vielleicht haben wir noch größeres.«

Ihr erster leidenschaftlicher Wunsch, er möge entkommen, war eine Instinktreaktion gewesen. Jetzt erkannte sie, daß er wählen mußte: künftige uneingeschränkte Freiheit, indem er seine Strafe absaß, oder für immer fern der Welt leben, an der ihm am meisten lag. Es war eine herzzerreißende Wahl, und entscheiden konnte nur er.

»Ja«, sagte sie.

Ein andermal sagte er: »Wenn ich es schaffe, allein wegzukommen, Ellen, schicke ich nach dir, sobald es ungefährlich ist.«

»Ja.«

Der Mond war schon ein wenig auf den Park heruntergerutscht. Jede Kleinigkeit, fast jedes Wort jener Tage und Nächte war ihr deutlich im Gedächtnis geblieben. Weil sie sie gehortet hatte wie das Eichhörnchen die Nüsse für den Winter.

»Ich bin froh, daß du mehr Freude an mir hast, als dir vielleicht mein Gesicht versprochen hat, Laurence.«

Er hatte mit einem Finger den Umriß ihres Gesichts nachgezogen, als wolle er es auf das Kissen zeichnen.

»Bist du denn nicht schön? Nein, vermutlich nicht. Sonderbar! Mir hat noch nie ein Gesicht so gefallen.«

Und einmal, als sie miteinander in sicherem Versteck (so hofften sie wenigstens) im Gebüsch lagen, hatte sie gesagt: »Ach, das ist wundervoll.« Und hatte dann, als er daraufhin zu stolz aussah, hinzugesetzt: »Aber ich habe ja auch niemanden, mit dem ich dich vergleichen könnte.«

»Ich auch nicht, ich habe nämlich noch nie mit einer Frau geschlafen, die ich liebe.«

Schon zehn Minuten nach zwei.

»Wenn sie mich wieder ins Gefängnis stecken, wird es dich fast alle deine Golddukaten kosten, Ellen, um reinen Tisch zu machen.«

»Solange du nicht danach noch eine Frau mit Mitgift verlangst wie die Männer in Knockaulin.«

»Tolle Burschen scheint ihr dort zu haben.«

»Es werden treue Ehemänner.«

»Möchtest du einen treuen Ehemann?«

»Ich möchte dich.«

Sie schloß die Augen – nur für eine Minute –, doch als sie sie wieder öffnete, war der Mond ganz heruntergerutscht und nicht mehr zu sehen.

Er hatte auch gefragt: »Warum liebst du mich, Ellen?«

Sie hatte so wenig darüber nachgedacht, wie man bewußt überlegt, wie man atmet.

Sie sagte: »Vermutlich, weil ich muß.«

»Das ist eine klägliche Leistung! Also ich liebe dich, weil du bist wie eine purpurrote Rose.«

»Laurence, das ist geschwindelt!«

So war es all diese Tage gewesen (bis auf seine vorübergehenden Augenblicke der Verzweiflung), sorglos und heiter, weil sie zusammen waren, sich unverwundbar vorkamen, weil sie zusammen waren und doch genau wußten, sie waren es nicht.

Als man ihn dann in den frühen Morgenstunden in Connemara verhaftete, erlaubte man ihnen einen kurzen Abschied.

Wieder zeichnete er ihr Gesicht mit dem Finger nach.

»Daß du dich nur ja nicht veränderst, Ellen!«

In ihrer Brust war eine Leere dort, wo einmal das Herz gewesen war, das man ihr herausgerissen hatte. Sie klammerte sich an ihn, um es zurückzubekommen.

»Es fühlt sich an wie sterben«, sagte sie, »ist es aber nicht. Wir haben das Beste im Leben noch vor uns.«

Die frühlingsberauschten Vögel weckten sie. Sie hatte das Frühstück fertig zu dem Zeitpunkt, den sie als frühestmöglich für seine Heimkehr ausgerechnet hatte. Es war besser, sich gemeinsam zu den leicht gekräuselten Speckstreifen, den Würstchen und Tomaten zu setzen, als in einem solchen Augenblick am Herd zu stehen.

An der Tür gab es ein Geräusch, aber es war nur die Morgenzeitung, die in den Briefspalt geschoben wurde.

Eine Stunde später aß sie wenigstens die Würstchen, das einzige, was noch genießbar war.

Ick-ock sagte die Uhr, wieder eine Sekunde für immer verloren. Es war eine schreckliche Verschwendung von Laurence, die Zeit einfach so wegticken zu lassen, aber Ellen konnte nichts daran ändern, las daher die Zeitung und weiter in dem guten, interessanten Buch. Manchmal ließ sie es sinken und schaute hinaus auf die jungen grünen Blätter an den Bäumen und gestattete sich, mit offenen Augen zu träumen. Diesem Genuß konnte sie sich jetzt hingeben, denn nun konnte die bittere Realität nicht mehr hereinbrechen und ihr neuen Schmerz bereiten.

Gegen Mittag rief Tom an. Bevor er mehr als »Hallo!« äußern konnte, sagte sie: »Laurence ist noch nicht da. Bitte komm nicht, Tom. Ich will niemand dabei haben, wenn Laurence kommt.«

Nach einer langen Pause sagte er nur: »Ich verstehe. Wie ist die Adresse von deinem Anwalt?« und hängte ein, als sie sie genannt hatte.

Sie deckte den Tisch für das Mittagessen. Es sollte aus Dosen und ganz großartig sein: Kaviar, Wildpastete, Mokkacreme. Nichts was schiefgehen konnte oder lange aufhielt. Sie zog den Wein auf, um ihn zu chambrieren. Chambrieren! Vom Brunnenwasser in Knockaulin bis hierher hast du einen weiten Weg zurückgelegt, mein liebes Kind, dachte sie, während sie den Korken herauszog.

Am Spätnachmittag rief Edward Denning an. »Ihr Bruder hat sich mit mir in Verbindung gesetzt. Ich habe ihm versprochen, alle Informationen an Sie weiterzugeben.«

Die steife Formulierung und die ton- und ausdruckslose Stimme lösten zum ersten und einzigen Mal ein flüchtig aufflackerndes Unbehagen bei ihr aus.

»Es wird Laurence doch nichts passiert sein? Ich bin nicht auf den Gedanken gekommen – es wäre zu großes Pech.«

»Laurence geht es ausgezeichnet. Er ist heute morgen sofort nach seiner Entlassung zu Jassy gefahren. Ich war eingeladen, mit ihnen und Jassys künftigem Ehemann im Dorchester zu essen. Laurence war blendender Stimmung, geradezu euphorisch, und machte alle möglichen Zukunftspläne. In keinem davon kamen Sie vor. Danach haben wir uns getrennt. Jassy und ihr Bräutigam fuhren zusammen fort, Laurence allein. Er und ich haben kein Wiedersehen vereinbart. Ich habe schon die ganzen letzten Tage gefürchtet, daß es so kommt. Es tut mir aufrichtig leid, Ellen.«

In ihrer großen Erleichterung vergaß sie fast, daß er noch am Apparat war. Mit veränderter Stimme, jetzt lebhaft und besorgt, fragte er: »Sind Sie noch dran? Ist alles in Ordnung, Ellen? Sind Sie in Ordnung?«

Es war zu hoffen, daß keiner seiner etwas sonderbar gearteten Mandanten je entdeckte, daß er ein so weiches Herz hatte.

»Ich hatte mich nur zuerst ein bißchen erschreckt, weil ich dachte, Sie hätten schlechte Nachrichten für mich.«

Nach einem so langen Schweigen, daß sie schon glaubte, er habe aufgelegt, sagte er: »Ich möchte ja nicht brutal klingen, aber Sie müssen doch endlich gemerkt haben, daß ich wirklich schlechte Nachrichten für Sie hatte. Wenn Sie meinen, ich könnte irgendwie helfen, stehe ich Ihnen nach Büroschluß jederzeit unter meiner Privatadresse zur Verfügung.«

Er war so ärgerlich, daß er kurzerhand einhängte.

Abends rief dann auch Tom wieder an, um sich über sie zu ärgern. »Meine gute, alte Ellen! Ich habe es immer wieder aufgeschoben, dich anzurufen, damit du Zeit hast, dir endgültig klar zu werden, daß alle dir nur die Wahrheit gesagt haben. Glaub mir, ich weiß, was für ein Schlag das für dich ist, aber ich meine, später einmal wirst du doch anders darüber denken. Kannst du in ungefähr einer Stunde fertig sein, wenn ich dich abholen komme? Denning kümmert sich um alles Geschäftliche, deine Wohnung und all das. Wir beide fahren später noch mal zusammen nach London und wikkeln ab, was noch abgewickelt werden muß, aber jetzt möchte ich dich daheim haben, wo du hingehörst.«

Tom war, wie alle anderen auch, vollkommen überzeugt, daß sie die Eigensinnige war!

»Tom, ich habe schon gestern versucht dir klarzumachen, daß ich dorthin gehöre, wo Laurence ist.«

»Ach ja? Und wo genau ist das, wenn man fragen darf?«

»Das weiß ich nicht. Aber ich weiß, wo er bald sein wird.«

Noch unliebenswürdiger wiederholte er: »Ach ja? Es würde mich interessieren, wie lange du noch dort bleiben und auf ihn warten willst.«

»Bis er kommt, natürlich.«

Es gab ein Geräusch, als müsse er ersticken. Sie konnte sich lebhaft vorstellen, wie er aussah, der arme Tom: puterrot im Gesicht.

»Wenn du noch immer so denkst, kann ich nichts mehr sagen, es hätte alles keinen Zweck. Ich muß das Flugzeug kriegen. Morgen früh muß ich im Krankenhaus sein. Paß auf dich auf. Ich komm dich in ein paar Tagen holen.«

»Bis dahin«, sagte sie, »wirst du es mit eigenen Augen sehen, und ich brauche mir nicht den Mund fußlig zu reden, um dich zu überzeugen.«

»Aber gewiß, das werde ich. Auf Wiedersehen, Ellen. Verdammt, ich würde dir gern den Hals umdrehen!«

»Ich weiß. Auf Wiedersehen, Tom, lieber Tom.«

Sie verkorkte den Wein wieder. Er hatte nun geatmet – war das nicht der richtige Ausdruck? –, und zwar lange genug. Vielleicht auch zu lange, aber es war ja noch eine zweite Flasche da.

Um neun Uhr dachte sie daran, daß Tom jetzt an Bord der Maschine ging, schäumend vor Wut und Ärger, weil seine Reise umsonst gewesen war. Jedenfalls hoffte sie das, denn es war besser für ihn, als wenn er unangebrachterweise traurig für sie gewesen wäre. Hätte er doch nur begriffen, daß seine Reise durchaus nicht umsonst gewesen war, denn sie hatte bewiesen, wie stark die Bindung zwischen ihnen trotz allem noch war, zwischen ihnen beiden, der Erziehung der loyalen O'Sullivans von Knockaulin treuen. Wahrscheinlich war auch Bea eine echte O'Sullivan. Schließlich konnten die vielen Generationen nicht nur Engel hervorgebracht haben.

Laurence und sie konnten noch immer ein Kind bekommen, es eines Tages nach Knockaulin führen und sagen: »Von hier stammt die eine Hälfte deiner Erbmasse.«

Ach, sie war wirklich ganz von Sinnen. Ebensogut konnte man diesem Kind gleich Amsterdam zeigen.

Und warum nicht? Sie würden dem Kind die Welt zeigen, ja, das würden sie und ihm sagen: »Du bist ein Teil von alledem, so wie wir.«

Sie aß noch mehr Brot, Käse und einen Apfel und machte sich eine Kanne starken Tee. Ein bißchen von dem Wein hätte sie gern getrunken, aber er würde sie schläfrig machen, und sie durfte nicht schläfrig sein, wenn er kam.

Als es schien, als würde sie auch ohne den Wein schläfrig, ging sie in der Wohnung herum, bis es Mitternacht schlug.

Ein ganzer Tag verloren. Heute nacht war der Mond ganz und gar Bewegung, er jagte durch die Wolken, und die Bäume peitschten nach allen Seiten, als versuchten sie sich zu entwurzeln und ihm nachzufliegen, als jagten sie, was der Mond jagte, denn das war gewiß etwas Lohnendes.

Von Knockaulin bis Timbuktu, Miss O'Sullivan ...

Wenn sie schon die ganze Nacht aufbleiben und auf ihn warten mußte, konnte sie es ebenso in aller Bequemlichkeit tun. Sie richtete sich mit Kissen, einem Kopfpolster und einem Schemel in einem der Armsessel beim Fenster ein.

Er kam kurz nach fünf Uhr früh. Sie meinte, das Schlagen der Uhr habe sie geweckt, aber die zeigte zehn Minuten nach fünf, konnte es also nicht sein. Es mußte die Klingel gewesen sein. Mußte einfach. War es auch. Es klingelte wieder, während sie zur Tür lief, und er war da und sie standen einander gegenüber und sahen sich an und sagten kein Wort, konnten es nicht, schauten nur und schauten, bis er sie an beiden Schultern packte und »Ellen!« rief und ihren Namen immer wieder sagte und sie den seinen. So standen sie in der offenen Wohnungstür, umklammerten einander und hätten noch lange so gestanden, wenn sie nicht zu sich gekommen wäre und ihn in die Diele hereingezogen hätte. Er trat einen Schritt zurück.

»Ich habe gewußt, daß du auf mich warten wirst, ganz gleich, wie sehr ich mich verspäte.«

Nicht im geringsten zerknirscht, o nein! Stolz und mit sich zufrieden wie immer, o bitte sehr. Als ob sie ihn anders hätte haben wollen, etwa geduckt durch das Gefängnis.

»Natürlich, ist ja klar«, sagte sie.

Er wiederholte frohlockend: »Ich hab's gewußt, Ellen. Ich war schon vor einer Stunde hier und stank nach Suff und Weibern und bin im Eingang umgekehrt und in die Sauna gegangen. Aber auch wenn ich es nicht getan hätte, ich wußte, dir wäre es gleich.«

»Jetzt bist du ja wirklich sehr sauber und ordentlich.« Im Spiegel über dem Kamin sah sie flüchtig ihr zerzaustes Haar. »Dafür bin ich ein bißchen unfrisiert, weil ich im Sessel eingeschlafen bin, aber ich weiß ja, daß dir das nichts ausmacht.«

Es war herrlich, ihn lachen zu hören. Er war in Sicherheit. Sie war in Sicherheit. Solange sie beide lebten, konnte ihnen nichts mehr geschehen.

»Du Liebste, Allerliebste, ich weiß, es hört sich unglaublich an: was ich wirklich getan habe, ist dies: ich habe versucht herauszukriegen, ob ich ohne dich leben kann. Ich dachte nämlich immer, das könnte ich. Ich wußte, ich liebe dich auf meine Art, aber das hieß: nicht genug, um mein Leben, wie es mir paßt, aufzugeben. Ich begreife es ja noch immer nicht. Ich wollte dich ausnutzen, obwohl ich mich deswegen ekelhaft fand. Die Versuchung war zu groß. Nein, sag noch nichts, du bringst mich sonst aus dem Text. Seit gestern früh habe ich in jede Stunde soviel hineingestopft, wie nur hineinging. Und viele Projekte sind mir ungebeten durch den Kopf geschossen – fabelhafte Projekte. Ich war wieder ganz der alte, vielleicht besser denn je. Es war zwecklos. Ich sah immer nur dich.«

Er nahm ihr Gesicht in beide Hände. »Ich habe mich geirrt, Ellen. Ich liebe dich nicht auf meine Art. Ich liebe dich auf deine Art.«

»Nach dem, was Edward Denning berichtete, habe ich ungefähr erraten, was du vorhattest«, sagte sie. »Aber du hättest die ganze Zeit wissen müssen: Welches Leben wir auch miteinander führen werden, es gibt für keinen von uns mehr ein Entrinnen. Jeder von uns lebt im anderen.«

Una Troy
im dtv

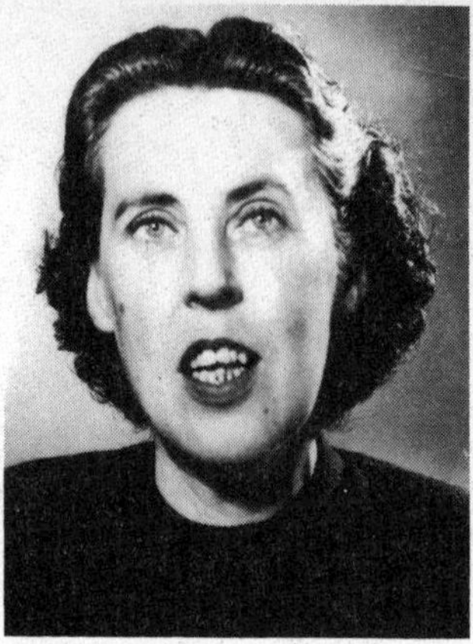

Mutter macht Geschichten

Eine jung gebliebene Witwe, die es satt hat, sich von ihren drei erwachsenen Kindern bevormunden zu lassen, entschwindet eines Tages samt Hund von England nach Irland, um sich als Barfrau zu verdingen und dabei ihre Menschenkenntnis ungemein zu erweitern.
dtv 1286/großdruck 2503

Die Pforte zum Himmelreich

Zwei recht unkonventionelle Ordensschwestern im Kampf mit der Äbtissin des Klosters.
dtv 10405

Ein Sack voll Geld

Eine heitere Familien- und Liebesgeschichte vor dem Hintergrund eines konservativen, von patriachalischen Traditionen beherrschten irischen Dorfes.
dtv 10619/großdruck 25002

Trau schau wen

Als Ellen O'Sullivan den armseligen Hof ihrer Eltern für viel Geld verkaufen kann, wollen ihre klugen und erfolgreichen Geschwister, die sich bisher nicht für sie interessiert haben, ihr plötzlich vorschreiben, wie sie ihr Leben einrichten soll...
dtv 10867

Kitty zeigt die Krallen

Ein heiterer Roman über eine seit zweiundzwanzig Jahren glücklich verheiratete Frau, die den Kampf mit einer attraktiven Nebenbuhlerin aufnimmt.
dtv 10898

Stechginster

Acht Ruhe suchende Weihnachtsurlauber in einem romantischen Gästehaus werden von sechs fanatischen Jugendlichen in einen ungewöhnlichen Kriminalfall verwickelt.
dtv 10989

Das Schloß, das keiner wollte

Ein adeliger Verwandter hinterläßt einer eher bescheiden lebenden Lehrerfamilie ein Schloß. Doch ob sich die Blakes dieses Erbes freuen sollen?
dtv 11057

P. G. Wodehouse im dtv

Ein Pelikan im Schloß

Auf Schloß Blandings hat sich ein veritables Chaos entwickelt: Lady Constance ist unvermutet zurückgekehrt, ungebetene Gäste treffen ein, Verlobungen platzen. Da bleibt Sir Galahad nichts anderes übrig, als durch allerlei Intrigen und Taktieren den hochsommerlichen Frieden im Hause wiederherzustellen. dtv 1792

Vollmond über Blandings Castle

Die Liebe, und zwar die unglückliche, ist Zentrum der Ereignisse auf Schloß Blandings in diesem heißen Sommer. Es gibt da ein oder zwei hübsche Nichten, für deren Glück der gute alte Onkel Gally alles tut. dtv 10078

Schloß Blandings im Sturm der Gefühle

Heillose Verwirrung in Blandings Castle: Jedesmal, wenn Alaric, Duke of Dunstable, auftaucht, erleidet die Heiterkeit der dortigen Atmosphäre Eintrübungen. dtv 10194

Das höchste der Gefühle

Wieder mal wird Bertie Wooster von einer seiner energischen Tanten nach Deverill Hall zitiert. Als er erfährt, wer sich alles dort eingefunden hat, wird ihm klar, daß ein erotisches Chaos bevorsteht. dtv 10534

Was macht der Lord in Hollywood?

Daß der kurzfristige Seelentausch zwischen einem englischen Lord und einem amerikanischen Kinderstar zu Komplikationen führen muß, belegt diese mysteriöse Geschichte aus dem Hollywood der dreißiger Jahre aufs trefflichste. dtv 10760

Bertie in wilder Erwartung

Ausgerechnet als Bertie Woosters Verlobung mit Pauline Stocker nach nur 48 Stunden platzt und dies unzählige Katastrophen heraufbeschwört, bittet sein altbewährter Butler und »Krisenmanager« um seine Entlassung . . . dtv 10884

»Es fängt damit an, daß am Ende der Punkt fehlt«

Stilblüten-Sammlungen im dtv

Bernd Ellermann:
Ihr Computer hat mir ein Kind zugelegt
Stilblüten aus dem Versicherungswesen
dtv 10596

Professor Mammut:
Die Schule wird von einem Reaktor geleitet
Mit Zeichnungen von Jules Stauber
dtv 10441

Margit und Emil Waas:
Es fängt damit an, daß am Ende der Punkt fehlt
dtv 962

Sehr geehrter Herr Firma!
dtv 1160

Boris Wittich:
Zeugen liegen bei
dtv 1226

Da trat der Staatsanwalt ins Protokoll
Mit Zeichnungen von Jules Stauber
dtv 10239

Wegen Eröffnung geschlossen
Stilblüten aus Inseraten und Pressenotizen
dtv 10695

Nikol. Georg Friedrich:
Die Benachteiligung erfolgt durch die Post
Stilblüten aus Inseraten und Pressenotizen
dtv 10911

H. E. Scholz:
... und fordere mein Geld zurück
So beschweren sich Touristen
Mit Zeichnungen von Klaus Oliv
dtv 11123 (Sept. 1989)